新潮文庫

マリー・アントワネットの日記

Rose

吉川トリコ著

新潮社版

10863

主な登場人物

マリア・テレジア
母。

マリー・アントワネット

ルイ15世
フランス国王。ルイ16世の祖父。

ルイ16世
夫。

ノワイユ伯爵夫人

女官長。教育係を務める。

デュ・バリー夫人

ルイ15世の公妾。

メルシー伯爵

駐仏オーストリア大使。お目付け役。

ランバル公妃

6歳年上の女友だち。未亡人。

監修　川島ルミ子

マリー・アントワネットの日記 I

Trico Yoshikawa

Le journal de Marie Antoinette

Rose

一七七〇年一月一日（月）

最初の一行をなんて書こうか、せっかくだから超キメキメのパンチライン(1)ではじめたかったんだけど、どんなかんじがいいかと考えているうちに三日が経《た》っていました。なので日付は元日になってるけど、これを書いているのは一月四日です。

あ――――っ！　またやっちゃった。あたしってすぐこういうこと言いがちなんだよね。

「素直で正直なところ、それはあなたの美点ですが、同時にひどく心配なところでもあります」

とかなんとか、お母さまからもよくお叱言《こごと》を食らうけど、正直というのとはまたちょっとちがうんじゃないかって気がする。うーん、なんつーの？　堪《こら》え性がないっていうの？　黙っておいたほうがいいんだろうなってわかっちゃいるんだよ？　わかっちゃいるけどやめられないっつーか。ここはぶっちゃけたほうが面白いんじゃね？　っていったん思ったらもうだめで、「オラオラ、いったれいったれ！」ってあたしの中のヤカラどもが勝手にだんじり始めちゃうもんだから、そしたらもう乗っかるしかないじゃん？

(1)　印象的なフレーズ。

「お道化《ODK》がすぎる」とそんなあたしにお母さまは呆《あき》れたようなお顔をされますが、ほんそれ。[2]自分でも痛いほどよくわかっておりますのよ。ほんとにトワネット[3]はだめな子です……なんつってー。口ではしおらしいことを言っておきながら、しんのところではなんにもこれっぽっちだって反省してなかったりするのがあたしというやつなのです

——って、ほらまた！

でも、いいんです。

なぜならこれは日記だから！

だれにも見せないあたしのほんとの気持ちを置いておく場所だから！

三日間も頭を悩ましたあげく最初の日記がこれなんてがっかりさせちゃった？　まあ、それもあたしらしいんじゃないかと思ってるんだけど。あなたにも気に入ってもらえたらいいな。だってほら、なんだかんだ言ってみんなそういうの好きじゃん？　ありのままのプリンセスってやつ？

長い文章を書くのは得意じゃないので、続きはまた明日。

一七七〇年一月二日（火）

はいっ、というわけで、続きは明日とか言いながらこれを書いているのももちろん一月四日です。ハーイ、マリア。ごきげんいかが？

いきなりですが、これからあなたのことはマリアと呼ぶことにしました。

というのも、前々からお母さまに日記を書くよう勧められてたんだけど、どうにも長続きしないので困ってたのです。そしたらこないだの夜会で、「日記帳に名前をつけて、古くからのお友だちに話しかけるように書くといい」的なことをだれかが話してて、なるほどそれならあたしにもできそうだなと思い、さっそく実行に移すことにしたってわけ。これぞライフハック(4)ってやつだよね。

あなたにつける名前をなんにしようか、それについては考える間もなく即決だった。お母さまのマリア・テレジアも、十人のお姉さまがたも、そしてあたしもみんな「マリア」という名を冠してるのはとーぜん知ってるよね？

マリア・アントニア・ヨーゼファ・ヨハンナというのがあたしの正式な——オーストリアの名前なんだけど、この春フランスの王太子殿下のもとへ嫁いだら、マリー・アントワネットっていうフランス式の名前になるっぽい——ってまるで他人事《ひとごと》のように話してるけど、実際ほとんど他人事だったりするんだよねー。いまだにまったくといっていい

(2)「ほんとそれ」の略。「その通り」の意。（3）マリー・アントワネットの幼少期の愛称。（4）効率よく仕事を行なうためのテクニック。

いほど実感がないんだもん。あたしがフランス王太子妃とかｗｗｗ　超ウケるんですけどｗｗｗｗみたいな。

もちろん、いつかはどこかへお嫁にいかなきゃいけないってことぐらい物心ついたころからうすうすわかってた。「戦争はよそにやらせとけ。オーストリアよ、おまえは結婚しろ」ってのが我がハプスブルク家の家訓だからね。お兄さま方は他国の姫君を娶《めと》り、お姉さま方も（一部を除いて）みんな、お会いしたこともない他国の王族のもとへ嫁いでいっちゃったし。どれもこれも絵に描いたようなＳＥＩＲＹＡＫＵ☆結婚だったけどね。

二年前の春に、すぐ上のマリア・カロリーナがナポリにお嫁に行ったときのことはいま思い出しても泣けてくる。突然のことだったというのもあるけど、きょうだいの中でも特に近しく、双子のようにいつもぴったりくっついて過ごしていたマリア・カロリーナと引き離されることになるなんて、考えてもなかったから半身をちぎられるような心地がした。出立の日、泣きじゃくるマリア・カロリーナを乗せて走り去っていった馬車を、見えなくなるまでずっとあたしは見送っていた。おそらくもう二度とマリア・カロリーナと同じ部屋で眠ることはない。シェーンブルンの庭を仔犬《こいぬ》を追いかけて駆けまわることも。

マリア・カロリーナの結婚は、幼いころからあたしたちが夢見ていた結婚とは大きくちがってた。おとぎ話のようなロマンティックな気配はまるでなく、はっきり言ってしまえばシステマティックな人材派遣にすぎなかった。そもそもナポリに嫁ぐのはマリア・ヨーゼファお姉さまのはずだったんだけど、輿入《こしい》れの前日に天然痘でお亡《な》くなりになってしまい、急遽《きゅうきょ》マリア・カロリーナが繰り上げられることになったの。そんで、フランス王太子殿下のところに嫁ぐはずだったマリア・カロリーナに代わって、今度はあたしが繰り上げ当選しちゃったってわけ。なんだそれってかんじっしょ？

あー、やだやだ。これ以上考えると頭が爆発しそうになるからやめよう。どうせもう決まったことなんだし、考えたところでなにがどうなるってわけでもなし、無駄無駄無駄ァってやつだよね。あたしたちに求められているのは、花嫁人形のようにかわいらしく着飾ってにこにこ笑っていることなのです。疑問を持ったら不幸になるだけ、疑問を持ったら不幸になるだけです！（大事なことだから二回言っとくね）

――で、なんの話だったっけ？　あ、そうそう、名前の話ね。結婚したからって名前が変わるのもなんか変なのって思うけど（それも女の方だけ！）、この件についても深く考えるとドツボにはまりそうだからやめといたほうがいい気がする。

正式に婚約が決まってから、フランスからやってきた家庭教師のヴェルモン神父が率先してあたしをマリー・アントワネットって呼ぶようになったんだけど、いまだになんかもぞもぞしちゃいます。呼ばれても反応できないこともあります（嘘《うそ》。わざとしないだけ)。最近じゃ、宮廷中のだれもがあたしをマリー・アントワネットと呼ぶ。はて、そんじゃいったいマリア・アントニアはどこにいっちゃったんでしょう?

……やだな、最近すぐこんなかんじでおセンチになっちゃう。これがかの有名なマリッジブルーってやつなのかな?

そんなわけで、あなたのことは「マリー」ではなく「マリア」と呼びます。オーストリアから連れていける唯一《ゆいいつ》のあたしの親友。あたしの分身。フランスに行ってからもどうぞよろしく。どうかあたしのことを見守ってて。まあそれも、この日記が長続きすればの話だけど。

いまからそんなこと言ってるなんて失望させちゃった? だけどね、これだけは覚えておいて。あたしときたらほんとになんにも、なにひとつだって長続きしたためしがないのよ。

一七七〇年一月三日(水)

三日坊主《ぼうず》にならないようにせめて三日分だけは今日のうちに書いておかなくちゃと思ったけど、あたしのライフ(5)はほとんどゼロです。あくびをかみ殺しながらいまこれを書いています。続きは明日にしていいかな？　だめ？　え――っ、つかれたよー眠いよーベッドで横になりたいよー。駄々をこねても無駄だって？　だよね、言うと思った。わかりましたよ続けます続ければいいんでしょっ。

あなた自身はあなたがどんなドレスを着ているかわからないだろうから、このへんでお知らせしておきます。文章を書くのが苦手で、どうせ長続きしないからという理由で日記をつけるのをこれまで避けてきたけど、もしかしたらいちばん大きな理由は胸がときめくような日記帳を見たことがないからだったのかもしれません。あなたも知ってるとは思うけれど、この世に広く出まわっている日記帳ときたらどれもこれも、文字さえ書けて丈夫で長持ちすればいいんだとばかりに味気ないものばかりでしょ？　いま必死に言葉を選んで言ったけど、さくっと一言でいうとどれもこれもくそダサいんだよね！（十八世紀ヨーロッパにはラデュレ[6]のステーショナリーセットなんて売ってないんです泣）

でも安心してちょうだい。大切なあなたにそんなダサいドレスを着せたりするもんですか。なんと、このたびあたしはあなたを特注いたしました！　わーっパチパチパチ！　うすく淡いピンクのサテンに、葡萄《ぶどう》の蔓《つる》を象《かたど》った金のふちどり。ぎゃーっロマンティッ

（5）HPとMP。体力と気力。（6）十九世紀に発祥したパリのパティスリー。マカロンが有名だが、文房具やハンカチなども製作している。

ク！　ね？　やばいっしょ？　たぎるっしょ？　想像しただけでうっとりしちゃうっしょ？　トゥンク[7]……トゥンク……ってかんじっしょ？　だれよりあなたこそあたしにふさわしいわ。

「でもお高いんでしょう？」ってなに言ってんの、このあたしをだれだと思ってんの？　オーストリア・ハプスブルク家の皇女にして、未来のフランス王太子妃ですことよ。

　つまりこれは、あたしからあなたへのプレゼントであり、あなたからあたしへのプレゼントでもあるってわけ。胸ときめくような美しいものにだけ囲まれて生きていたいとつねづねあたしは思ってるんだけど、ねえマリア、あなたは人生になにを求めてる？

人生だって！　十四年しか生きていない小娘がなにを言ってんだって？

けど、十四年しか生きてないからこそ目を濁らせずに見通せるものだってあると思わない？

　春の嵐、夏のシェーンブルン、まどろむ秋の木漏れ日、冬のぴーんと冷えた朝の橇《そり》遊び。新しいドレスに最初に袖《そで》をとおす瞬間のひんやりした甘美な肌ざわり。レモン色の砂糖菓子の最初のひとくち。そういう瞬間——世界がいまよりもさらに輝きを増す瞬間、トワネットの胸はときめき《tkmk》ではちきれそうになります。このままときめきに殺されるなら本望だって思っちゃう。「ときめき上等」ってローブの背中に刺繍《ししゅう》したいぐらい。

　そうよ、ときめき！

とにかくあたしはときめきを求めているの！

「あなたは感覚でものを言い、感覚でものを捉《とら》えすぎる」

お母さまもヴェルモン神父も口を揃《そろ》えて言うけれど、それのなにがいけないのかあたしにはよくわかりません。感覚ってつまりは持って生まれたセンスってことでしょ？

こう言っちゃなんだけど、あたし人よりセンスはあるほうだと思うんだよね。自分の直感にしたがってさえいれば間違いなんか起こりようもないんじゃないかって、さしたる根拠はないけど絶対の自信がある。あたしの胸をときめかせるもの、それこそがすべてなの。

さすがに限界です。今日はこれぐらいでかんべんして。

それじゃ、また明日、あたしのかわいい小鳥さん♪

一七七〇年一月四日（木）

いえーい！

三日坊主にならずにすんだyeah〜！

（7）「一瞬のときめき」を表現する擬態語。

でもこれを書いてるのは一月五日です yeah～!

しかし困ったことに、四日目にして書くことが思いつかない……。聞いたところによると何もなかった日には、「何もなし」とわざわざ日記に記述する人[8]もいるとか。うええぇ、ぞっとしちゃう。いくら特別なことがなかったとはいえ、その日食べたものとか会った人とか、なんかしらあるでしょうよ。いったいどんなつまらない日々を送っているのかしら？　おそろしく感受性が鈍いとか？　「何もなし」なんて味気ないことを書くぐらいなら、毎日そんなにきちきちっとつける必要もないんじゃないかって思っちゃうけどね。

そうそう「何もなし」で思い出した。最近あたしはある男の子のことをよく考えています。あたしがまだうんと幼かったころ、シェーンブルン宮殿の鏡の間で、チェンバロの演奏をした天才児アマデウス・モーツァルトのことを。

あまりに見事な演奏に大人たちは驚嘆し、幼いモーツァルトに惜しみない称賛の言葉を捧《ささ》げていました。モーツァルトはそんなことには慣れっこだったんだろうね。当然だとばかりのすまし顔で大人たちの声援に応《こた》え、まるで自分がこの城の主《あるじ》であるかのようにふるまってた。だけど、あんまり調子に乗って広間をくるくる飛びまわっていたから、磨き抜かれた床に足を取られてすっ転んじゃったの！

「あっ！」

じたばたと手足を振りまわしながら背中から倒れていく彼と目が合った瞬間、あたしは直感した。彼もあたしと同類なんだって。そう、「お道化がすぎる」ってやつ！そうとわかったら放っちゃおけません。あたしはいのいちばんに駆け寄って彼の手を引っぱりあげました。痛みと驚きと恥ずかしさで彼が泣き出してしまわないように。

断言してもいい。あの時、あの場所で、彼の気持ちがわかるのはあたしだけでした。さっきまで神童だなんだと彼を称《たた》えていた大人たちがふと見せた安堵《あんど》の表情、「あ、やっぱり子どもなのね」とたちまち彼を軽視し、己の優位を思い出したかのようにこぼした笑いの中で、モーツァルトは羞恥《しゅうち》に消え入りそうになってあたしの顔もまともに見られないみたいでした。あたしは震える彼の手を握りしめた。大丈夫、大丈夫だよ。こんなのなんてこともない。どうせ大人たちは五分もすれば忘れてしまう。あたしたちにとっては死にたいぐらい重大な事件でも、大人たちにとっては肩に降りかかった塵《ちり》をさっと振りはらうようなことでしかない。それこそ「何もなし」と日記に書いて終わってしまうようなこと。

「おや、これはなんともかわいらしい」

手を握りあって小さく床に丸まっている皇女と神童に気づいただれかがそんな声をあげると、大人たちはいっせいに面白がってあたしたちを囃《はや》しました。黙って聞いてたら

（8）結婚式当日、ルイ十六世は「何もなし」と日記に記述した。

あたしたちはたがいの尻尾《しっぽ》を追いかけまわす仔犬にたとえられ、木の葉の小舟の上で愛を囁《ささや》きあう妖精《ニンフ》にされ、最後にはつがいの青い鳥にされてしまいました。

いったんそうなってしまうともうだめでした。わかるでしょ？　たちまちあたしとモーツァルトの中のお祭り野郎が騒ぎ出しちゃったのよ！

「おお、君はなんてやさしい女の子なんだ！　大きくなったらぼくのお嫁さんにしてあげるよ」

モーツァルトはぴょんと飛び跳ねるように立ち上がると、うやうやしく一礼してあたしの手の甲にキスしました。その時になって、ようやくまともにモーツァルトはあたしの顔を見た。こんなことになっちゃってごめんね、とばかりにウィンクして共犯者のほほえみを浮かべる彼に逆らえるはずもなく、

「ハイ、喜んでー！」

意識高い系居酒屋のバイトリーダーかよってぐらい威勢のいい声で返事しちゃったわよ。

こうなったらもうあたしたちの独壇場《DDJ》。子どものころから大人の顔色をうかがい、大人が喜ぶようなパフォーマンスをすることに命を懸けてきたあたしたちは阿吽《AUK》の呼吸で見事なステージをこなした。バカな大人たちは大喜びで、「天才音楽家モーツァルトが未来のフランス王太子妃マリー・アントワネットに求婚した」っていまでは語り草にな

っているみたい。

それにしても、年端《としは》もいかない子どもが恋愛のまねごとしてるのを見て楽しむなんてあんまりいい趣味とは言えないよね。あたしたちのあいだには大人が望んでいたような淡く甘酸《あまず》っぱい恋情のやりとりなど小指の先ほどもなく、同志に対する強い連帯意識と「こやつ、できるな」という尊敬の念しか存在していなかった。異性として彼を意識した、なんてことはいっさいないし、そもそもあたしたちは当時まだ六歳やそこらで恋愛というものがどういうものなのかもよくわかってなかった。なのに、大人の手にかかるとかんたんに男と女に振り分けられてしまう。それしか選択肢がないみたいに。

いまごろアマデウス・モーツァルトはどこでどうしてるんだろう。ヨーロッパ中を演奏してまわっていると風の噂《うわさ》に聞いたことがあるけど、いまもあの調子で大人たちを相手にお道化をふりまいているんだろうか。想像するだけでわくわくしてくる。できることならあたしだってそんな旅をしてみたい。

——と、まあ、そんなことをつい考えてしまうのは輿入れが近づいているからなのかな？　なんべんでも言うけどあれが初恋なんてことじゃないんだよ？　あれを恋だと片づけてしまったとたん、なにかとてもつまらないものになってしまう気がする。それこそ「何もなし」で済ましてしまいたくなるような、ね。

一七七〇年二月七日（水）

無理！！！！！

一七七〇年二月十日（土）

ちがうの！！！

ほんとにちがうんです！ 前の日記からこんなに日が開いてしまったのには事情があって、だからお願い誤解しないでください。ほんとにちがうの！ ちがうんだってば！！！

あたしはずっとあなたとおしゃべりしたいなって思ってたんです。だけど、年を越してからそれはもう毎日がめまぐるしくて……。というのも、家庭教師のヴェルモン神父が「恐れながらマリー・アントワネットさまのご学力は水準に達しておらず、このままの状態ではとてもフランスに輿入れなどできません」的なことをお母さまに言ったらしく、それからというもの寝ても覚めてもおべんきょおべんきょおべんきょ続きの地獄の毎日だったんです（涙目）。

フランスに嫁ぐことが決まってから、ヴェルモン神父をはじめとするフランスからやってきた家庭教師たちがあたしをフランス人に仕立てようと躍起になってることは前にもちらっと話したよね？

舞踏家の先生には、徹底的にフランス流の優雅な身のこなしを叩《たた》き込まれました。「フランスの女性は歩くのではなく床を滑るのです」とドヤ顔で言われたときは、は？　このおっさんなに言ってんの？　と思っちゃったけど、幼いころから習っていたバレエのおかげもあってか、秒で[9]マスターしちゃったよね。靴音もたてず、するすると小川を流れる花びらのように軽やかに王宮を動きまわるあたしの姿は人々にひらめきを与えるようです。あたしが通り過ぎるとだれもがはっとしたようにふりかえる。その快感といったら！　ちょっと言葉では言い尽くせません。

オーストリアの宮廷は他のヨーロッパ諸国とくらべると格式ばらず、家庭的で自由な気風なので、あたしたちきょうだいは子どものころからのびのびとまるで市民階級《ブルジョワジー》の子どもたちのように育ってきました。

しかし、フランスの宮廷ときたらまったくその逆で、朝の目覚めから夜ベッドに入るまで、日常生活のなにからなにまでが儀式化され、こまかな作法が定められているのだ

（9）すぐに。速攻で。

とか。先代のフランス国王ルイ十四世がお敷きになった様々な宮廷儀式が現在まで引き継がれ、伝統になっているのだとヴェルモン神父は仰々しく説明されていましたが、それってせいぜいここ百年ぐらいの話ってことでしょ？　「たいした伝統じゃないですね」ってつい正直な感想を漏らしたら、ヴェルモン神父、泡噴きそうな顔で頭を掻《か》きむしってたっけ。ウケるwww　ハプスブルク家はブルボン家より三百年以上古い家系でしてね、ごめんあそばせwww（これぞハプスブルク家に代々伝わる「家柄マウンティング」でございます）

　フランス式のエチケット講座はすこぶる退屈だけど、あたしには生まれ持ったエレガンスがあるので、行儀作法やダンスの所作なんかにはさほど困ってはいません。スピネット[10]の演奏に関してもどうやら人より勘がいいみたいで、プリンセスの手習いの域を超えているってよく褒められる。細密画《ミニアチュール》と照らし合わせながらフランス宮廷の人間関係についてあれこれ学ぶのは、醜聞紙《ゴシップ》を読むみたいな下世話な楽しみがあって、いちばん好きな授業だったりする。

　そんじゃなにが問題になってるのかっていうとフランス語、それから歴史や地理その他の一般教養です。まあね、フランス語はしょうがないってわかるんだよ？　この春からはフランスで暮らすことになるんだから、フランス語ができなきゃガチでやばいことぐらいあたしにだってよおくわかっておりますよ。

だけど歴史はどうよ？　自国の歴史についてすらあんまよくわかってないのに、他国の歴史なんて知らねえよ、勝手にやってろよってかんじなんですけど。あたしが物事を体系立てて捉えるのが苦手だってことは、ヴェルモン神父もすでにご存知のはずでしょ？　だったらもう「アンリ四世たん萌《も》え〜！」でよくね？　「ルイ十四世は神！」でよくね？　そもそもフランスとオーストリアってずっと仲悪かったんでしょ？　それをなんか同盟結んでうまいことするためにあたしがSEIRYAKU☆でフランスに嫁ぐんでしょ？　だったらわざわざその歴史をほじくりかえすように勉強するって微妙じゃね？　ぶっちゃけ気まずくね？　知らぬが仏《SNH》ってやつじゃね？　つうかこれいつ必要になんの？　どのタイミングでフランス史についてお話しするようなことがあるんですかね？　何時何分何秒何曜日、地球が何回まわった時？

——とまあこんな調子でいちいち突っかかっていたら、最初は辛抱強く相手をしてくだすっていたヴェルモン神父もついに音を上げてお母さまにチクりやがっ……あらいけない、言葉がすぎましたわオホホ……そう、お母さまに泣きついたもんだからさあ大変！　地震雷火事親父《JKKO》っていうけど、地震雷火事親父が束になってかかってきたってうちのお母さま——我がオーストリアの女帝《ビッグマミー》、稀代《きたい》の名君と誉れ高いマリア・テレジアにはかなわないんじゃないかって思います。

(10) 小型のチェンバロ。

「あなたという人はどうしてそう不真面目《ふまじめ》で軽率なふるまいばかりくりかえすのですか。この数ヶ月間、いったいなにをやってきたのですか。なんにも、なに一つとして身についていないではないですか。このままではとても恥ずかしくてあなたをフランスに送り出すことなどできません。いいですか、この結婚には両国の未来がかかっているのですよ。事はあなただけの問題ではないのです。一度フランスに渡ってしまえば、どんなささいな事だとしてもあなたの言動すべてがオーストリアの意志とみなされます。あなたの失態はオーストリアの失態、あなたの怠慢はオーストリアの怠慢なのです。トワネット、あなたはやればできる子です。母にはわかっています。その素晴らしい才能をどうしてみずから手折《たお》るような真似《まね》ばかりするのでしょうか。どうしてその才能を思うまま花開かせようと努力しないのか理解に苦しみます。うんぬんかんぬん……」

こんなかんじで正月早々からお母さまの部屋に呼び出しを食らい、こってり油をしぼられてしまいました。

最初の数分こそ辛抱強く神妙な顔して聞いてたんだけど、なにしろお母さまの説教は長い！　くどい！　言ってること大体いっしょ！　というわけで、だんだん集中力が途切れてきてぼんやりと他所事《よそごと》を考えておりましたら、お母さまはたやすくそれを見抜かれ、

「マリー・アントワネット」

冷ややかな声であたしの名前をお呼びになったのですが、すぐに返事できなかったのがいけませんでした。その時あたしは今度の舞踏会でどのドレスを着ようか、髪型はどうしよう、どの靴を合わせようか、そんなことで頭をいっぱいにしていたのです。

「マリー・アントワネット！」

もう一度、今度は鋭い声でお呼びになりました。普段は虫歯になりそうなほどの甘やかしとあからさまな見くびりを込めて「トワネット」とあたしをお呼びになるお母さまが、「マリー・アントワネット」という名を口にするとき、それがどういうことだか、聡明《そうめい》なあなたならもうおわかりよね？　そう、ちびりそうになるほどお怒りになってるってことよ！

それからこの一ヶ月というもの外出禁止、おやつも禁止で朝から晩までみっちりヴェルモン神父の授業を受け、就寝前にはお母さまの寝室におうかがいし、ありがたいお説教を受ける毎日が続いてたのです。ウィーンの位置もパリの位置もわかってなかったあたしにお母さまがあんまりしつこくお説教なさるので、よせばいいのに「そうは仰《おっしゃ》いますけどお母さま、場所なんて知らなくても馬車に乗ればどこへでも馭者《ぎょしゃ》が連れてってくれるじゃないですか」と口答えしたらよけい酷《ひど》いことになり、お説教が深夜まで及ぶこともありました。解放されるころにはフラフラでそのままベッドにバタンキュー。要するに、「日記書いてる場合じゃねえよ！」ってかんじだったのよ！　うえーん！

一七七〇年二月十一日（日）

昨日は取り乱しちゃってごめん。ひさしぶりにお話しできたからすっかり気がゆるんじゃったみたい。

朝から晩まで勉強漬けの地獄のような毎日からようやく解放されたのには理由があるんだけど、それについて話すのはぶっちゃけ超気が重い。でも、ここにはありのままのトワネットを置いておくんだと日記を書きはじめる前から決めてたので、がんばって書くことにします。

話は二月七日にさかのぼるんだけど——ねえ、これ日記ってていで書いてるのに話が前後しまくりでいいのかな？　そんなこと言い出したらそもそも最初の日記からさかのぼって書いてるから関係ないっちゃ関係ないか。毎日べったりくっついてるお友だちとはそのうち話すことがなくなっちゃうけど、ひさしぶりに顔を合わせた友だちとは山のような報告があって話が尽きなかったりするみたいな？　ドリンクバー何往復するんだよみたいな？　そんなもんだと思って、ここはおひとつ、飲み込んでいただけたらと思います。

また話がそれちゃった。ほんと、あたしって集中力がなくて話がしっちゃかめっちゃかあちこちによく飛ぶって言われるんだけど、歴史の授業もそうですけどね、そんなの得意な人がやればいいんじゃないのって思うんだよね。ありあまるほどの集中力があって腰を据えてなにかに取り組むことができても、あたしのようなひらめき（感性の面でも、身体の面でも）のない人間だってたくさんいるわけじゃん？　向き不向きの問題っていうか。そこに優劣をつけるのが間違ってるっていうか。人にはそれぞれ特性があるんだから、それぞれいいとこ伸ばしてこ♪　世界に一つだけの花を咲かすことだけに一生懸命になろ♪　って声を大にして言いたいです——で、なんの話だったっけ？　ああ、そうそう、二月七日の話ね。

その日はブラッディな一日でした。

……これでわかってもらえた？　暗喩《あんゆ》じゃないわよ。なんなら直喩ですけど？

ああもう、そうです、その日、あたしは女になりました。うえええええええゲロ吐きそう。もっとましな表現を選びたかったけど、ほかになんて言えばいいんだろう？　うまい言葉が見つからない。……そう、つまり、初潮がやってきたのです。

びろうな話でサーセン(11)ね。それにしても、なんておぞましい表現だろ。初潮のことをそんなふうに言いあらわすなんていったいだれがはじめたの？　きもくない？　ねえ、これって改めて考えると――改めて考えなくても、すっごくすっごくきもいことじゃない？　自分の身にふりかかるまでそんなこともわかってなかった。慣用表現のひとつぐらいにしか考えてなかった。だって精通を迎えた男子に「男になった」なんて言わないじゃん？　男子が「男になる」のは社会的に一人前と認められたときで、女子が「女になる」のは出産の準備がととのったとき。なんだそれ。飲み込めない。激安焼肉チェーン店のゴムみたいな牛ホルモンより飲み込めない。

いかんいかん、疑問を持ったらいかんのだった。こういうことはなるべく見ないように、考えないようにしなくちゃ不幸が待ってるだけです。お母さまになんべんも言われていることなのに、トワネットったらいけない子。めざとくこういうことに引っかかっちゃうんだから。

二月七日の朝、着替えをしてるときにあたしは異変に気づきました。ペチコートに数滴、赤いしみがついていたのです。すぐそばにいた侍女に替えの下着をお願いしたところ、彼女はたちまち顔色を輝かせ、目に涙まで浮かべて、「おめでとうございます！」だって。つられてあたしまで感極まっちゃって、思わず彼女を抱きしめてしまいました。

それからは宮廷中がひっくり返ったような大騒ぎ。

「すばらしいわ、トワネット。これであなたも立派な一人前の女性ですね。あなたは私の誇りです。どこか痛いところはない？」

すぐさまお母さまがやっていらして、いつになく優しい声で仰いました。ちょっと大げさすぎやしないかと笑ってしまいそうになったけど、いまから思うとあれはマジだったね。みんな、ガチめのマジだった。それどころか急いでこのことをフランスの国王陛下ルイ十五世に報《しら》せねば、と早馬まで飛ばしたっていうんだから！

ルイ十五世といえば、齢《よわい》六十にして色好みで知られたお方。あたしの未来のお義祖父《じい》さまでもあります。孫の婚約者の初潮の報せを、陛下はどんなお顔でお聞きになるんでしょう……げえええええっ、ちょっとマジかんべんしてほしいんですけど。これにくらべたら夕飯に赤飯を出されるほうがまだましってもんです。ニヤニヤするお父さんに「マジきもい」と心ない言葉をぶつけるほうがずっとずっとずーっとましです。

「無理！　いろいろ無理!!」

あまりの恥ずかしさにベッドの上で悶絶《もんぜつ》していたところ、どこか痛むのではないかとお母さまが心配されたらしく、しばらく授業をお休みしてもいいことになりました。それでこうしてあなたに報告ができてるってわけです。不幸中の幸いというか、ほんとは幸い中の幸いというべきことなんだけど、でも、なんか……。

ううん、ちがう。あたしは繊細なんかじゃない。感じやすい性質《たち》ってわけでもない。

(11)「すみません」の意。

こんなところをマリア・カロリーナに見られたら、「あのお転婆《てんば》なトワネットがねえ」って笑われちゃう。そう、本来のあたしはこんなんじゃなかったはず。こんなの変。こんなのって変です。なんだかこのごろどんどん自分が自分じゃなくなっていくみたい。

自分でもなにがそんなにいやなのか、よくわからないから困ってる。おめでたいことなんだと、喜ぶべきだと頭ではわかってる。

最初に侍女から祝福を受けたあの瞬間、たしかにふわっと気分が昂揚《こうよう》して、あたしまで泣いてしまいそうになった。お母さまに「誇りだ」と言われた瞬間には、天にものぼるような心地になってなんだってできそうな気がした。だけどそれは、目の前のだれかがあたしのために瞳《ひとみ》を潤《うる》ませて喜んでくれている、そのことに感動していただけなのかもしれません。あたしはそういうしんのない、流されやすい子どもなのです（あ、でももう子どもではなくなってしまったんだっけ）。

とにかくあの日、あたしの中でなにかが終わり、なにかがはじまったのは確かなようです。それがいいことなのか悪いことなのかはいまの段階ではまだ判断できないけど、あたしにとっては少し憂鬱《ゆううつ》なできごとでした。

一七七〇年四月十六日（月）

ねえ、ちょっと聞いて聞いて！　え？　まただいぶ日が開いてしまってるって？　うん、まあそれはそれっていうか、そんなことはどうだっていいからあたしの話を聞いてってば！

ついに待ちわびていたものが届いたんです！　そう、王太子殿下の肖像画！　手のひらにおさまるサイズの細密画ですが、この小さな未来の夫をあたしは気に入りました。やさしそうで穏やかそうで、夫にするなら悪くないんじゃないかなって……ほんと、ほんとだってば!!　ちょっと鈍臭そうな顔してんなーとか、美丈夫で名高いルイ十五世陛下の孫のわりには……とか思ったりなんてぜんぜんまったくしてないし！

お昼過ぎからずっと王太子殿下の細密画を眺めてゴロゴロしていたせいか、例のごとくお母さまの説教がはじまりました。

「相手の顔も知らないまま結婚するなんて可哀想《かわいそう》だと思って肖像画を依頼しましたが、こんなことならやめておけばよかったかもしれませんね。トワネット、過度な期待は禁物ですよ。あんまりうつつを抜かしてはなりません。もし実際にお会いして、肖像画とは似ても似つかぬお方だったらどうするのです。印象をよくするために、外見をとりつくろってる可能性だってあります」

あたし、それを聞いて、

「あら、それなら、お互いさまってやつですね」

とつい口答えしてしまいました。

フランスにもあたしの肖像画が届けられたはずだけど、あそこに描かれたのがありのままのあたしだとは口が裂けても言えません。使用前、使用後ぐらいにちがう。つってもさすがに整形まではしてないよ！

肖像画を描くにあたって、まず最初にしたのは歯列矯正。がたがたの歯並びをなんとかするために歯科医がやってきて、あたしの歯に針金をぐるぐる巻きつけていったのです。三ヶ月もその状態だったから食事をするのに苦労して、おかげでちょっと痩《や》せたのはラッキーだったかも。いまではすっかりきれいな歯並びになりました。

それから亡きフランス王妃のお抱えだったカリスマ美容師をわざわざ呼び寄せて、くせの強い生え際《ぎわ》とでこっぱちを目立たなくするためにシンプルで上品な新しいヘアスタイルを考案してもらいました。いまじゃその「王太子妃《ドフィーヌ》風スタイル」がウィーンのおしゃれっ子のあいだで大流行してるっていうんだから、へへえ、さすがおフランス様でございますだ、と無駄にへりくだっちゃったよね。

さらには、フランス製のきついコルセットで体を締めあげ、フランス最先端モードのドレスを着て、フランス風の厚化粧――髪粉をかぶって頭を白く染め、頬にまるく紅を注《さ》し……そうしてやっと未来のフランス王太子妃の完成でございます。

「つーか、だれ?!」

いろいろ盛りすぎな肖像画を見て、思わず爆笑しちゃった。

フランス語やフランス式のエチケットもそうだけど、突貫工事よろしく短期間で身につけたそれらのものは、どれもおしきせで自分のものってかんじがぜんぜんしない。みんなで知恵を寄せ合ってつくりあげた創造物。フランス製の着ぐるみでぶくぶく太った非実在王太子妃。肖像画とは似ても似つかないオーストリア女がやってきたら、王太子殿下もさぞ驚かれることでしょう。

なーんて口では言いながら、実はそんなに心配してなかったりするんだけどね。

トワネットは肖像画で見るよりも実際目の前で動いているほうが魅力的だって、みんなが口を揃えて言います。優雅な身ごなしとくるくる変わる愛くるしい表情があたしのチャームポイントで、いまいち肖像画映えしないんだって。ヴェルモン神父に言わせると「これ以上にかんじのいい女性はほかにおりません」だそうだし、あのお母さまですら「あなたはたいへんな美人というわけではありませんが、人の心をとらえて離さない飛び抜けた愛くるしさを持っています」と太鼓判を押すぐらいだもん。

あたしが王太子殿下に――ひいてはフランスに愛されることをだれもが確信してる。

それがどれだけ心強いことか、おわかりになって？　フランスに愛されるかどうかはまだわからないけど、少なくともあたしはオーストリアには愛されてるんです。

　それにしても、なにかにつけて「あなたは美人じゃない」とお母さまは釘《くぎ》を刺すんだけど、そんなに何度も言わなくたっていいと思わない？　そりゃあ若いころのお母さまと比べたら見劣りするかもしれないけど（いまだってお母さまはとてもお美しい）、あたしだってそこそこイケてんじゃないかって思うんだけど。

　限りなく灰色に近いブルーの瞳、けぶったように光るゆたかな金色の髪、白磁のようになめらかでうすい肌、ほっそりした身体《からだ》からすんなりと伸びた長い首……どう？　悪くないって思わない？　あたし鏡を見るの嫌いじゃないんだ。ずーっと、一日中だって見ていられる気がする。

　一点、ハプスブルク家に代々伝わる突き出た下唇だけが残念でならないんだけどね。もちろんハプスブルク家に生まれたことはあたしの誇りです。レペゼン[12]オーストリア、a.k.a[13]ハプスブルク家の最終兵器としてフランスに送り出されることは光栄の極みでございます。だけど、この下唇に関してだけは「遺伝氏ね！[14]」って思わずにはいられません。

　こういうことを言うと、「えー、ぜんぜん気にすることないよー。下唇かわいいじゃーん。逆にえろくなーい？」なんててきとうな気休めを言う人がいるけど、そういうのいいから！　求めてないから！　それになにもこれはあたしだけが気にしてるってわけじゃなくて、「なるべく下唇が目立たないように、鷲鼻《わしばな》も控えめに見えるように」と肖像画家にお母さまが指示していたのをあたしは聞き逃さなかったからね！　フォトショもない時代に鬼の修整指示！

　そもそもあたしがこんだけ下唇のことを気に病みはじめたのもお母さまに指摘されてからなのです。まさか自分がそんな醜い下唇をしてるんだと気づきもしなかった幼いころ、「その唇。おおいやだ、血ねえ」と吐き捨てるように仰ったお母さまの横顔をいまも鮮明に覚えています。よく見たらお母さまだって、やや突き出た下唇をされているのに。

　おかしいでしょ？　あれだけ美しく聡明で、ヨーロッパ一優れた君主だっていうのに、お母さまにはわからないみたいなの。ご自分のなにげない一言がどれだけ娘たちを傷つけ、縛りつけ、萎縮《いしゅく》させるのか。あとから涙ながらに訴えても、けろりとした顔で「あらそんなこと言ったかしらね」なんてすっとぼけるんだから、ほんっとやってらんない。

　……いけない、愚痴っぽくなっちゃったね。お母さまの話になるとつい我を忘れてヒートアップしてしまう。悪い癖です。

　そう、だから、あたしはそんなに悲観してないの。肖像画と実物がちがうことなんて

（12）Represent（代表する）の略。（13）also known as（またの名を）の略。（14）「死ね」の意。

大前提。むしろ実物のほうが好ましい可能性だってある。それに見た目はあれでも性格がめっちゃいい可能性だって捨てきれないじゃん？　だから、そんなに必死こいていまこの手の中にある小さな王太子殿下にときめきのかけらを探さなくてもいいのよ、トワネット！

あたしはとくに期待もしていなければ失望もしていません。お母さまがなにをそんなに心配なさっているのか、まったくわかんない。ときどき「もう放っておいて！」と叫びそうになる。[redacted]

これは政略結婚です。望んで嫁いでいくわけではないのです。せめてすてきなお相手だといいなと望むことがどうしていけないの？　この結婚が幸福な形をなせばいいと望むことがどんな罪になるというんです？　生まれ育ったこの土地を離れ、フランスに嫁いだら二度と戻ることはできません。身のまわりのなにもかも、大好きなシェーンブルン宮殿とも、幼少のころから付き従ってくれたなじみの侍女とも、愛犬モップスとも――愛する家族とも、もうすぐお別れです。

「地位の高さだけとって見れば、あなたはほかの姉妹や世界中のどんな女性よりもしあわせな結婚をするのですよ」

ってお母さまは仰るけど、そういうことじゃないんだってば！

お母さまにはわからない。わかるわけがない。初恋相手のお父さまと恋愛結婚し、生まれ育った土地で暮らし続けているお母さまにあたしの気持ちなんて！

……ごめんなさい。いよいよ輿入《こしい》れの祝典がはじまるっていうのに、こんなことではいけませんね。

予定どおりにいけば、来月のいまごろはヴェルサイユです。

ヴェルサイユ！

この響きにときめきを覚えないと言ったら彼女は嘘《うそ》つきだわ。だって、そうでしょう？

一七七〇年四月二十日（金）

今夜がこの王宮で過ごす最後の夜です。ついさっきまでルイ十五世陛下に宛《あ》ててお手紙を書いていたのですでにへとへとですが、せっかくなのであなたにもお手紙を書くことにいたしましょう。

この数日間、ウィーンの空に散った花火がいくつだったか、ちゃんと数えてたわけじゃないからはっきりとしたことは言えないけど、そりゃもうとんでもない数だったってことだけはわかります。

十五日に輿入れ用の馬車四十八台（！）を引き連れたフランスの特命大使が到着してからというもの、ウィーンの街ではお祭り騒ぎが続いています。あちこちで祝宴が開かれ、妖精の姿をした踊り子たちが夢見るようなダンスを披露し、美しい少年たちの声が春の喜びを歌いあげる。世界中の花が咲き乱れ、あたしに手向けられているかのようです。

パステルカラーの渦の中で、不思議にあたしの気持ちは凪《な》いでいます。まわりが盛り上がれば盛り上がるほど、中心にいる人間はどんどん冷静になっていくようです。台風の目ってこういうことを言うんでしょうか。あたしはただここに座っていればいいだけで、だれも本当にはあたしを見てないことが如実《にょじつ》にわかっちゃうっていうか……。

非難してるわけじゃないんだよ？　ただの事実。で、意外にそのほうがこちらとしては楽だったりする。あなたがあたしに興味ないように、あたしもあなたに興味ないんでーっていうか……ううん、だから醒《さ》めてるわけじゃないんだってば！　ここにいるとどうしてもそうなっちゃうってだけの話。みんなそんなことつゆほども思っていないだろうけど、ここからはわりにいろんなことが見通せちゃうんです。

十七日に行われたベルヴェデーレ宮殿での仮面舞踏会には千五百人の招待客が押し寄せ、用意されたワインは二千本、パンは二万個にも及んだとか。あたしは早々に部屋に戻って寝ちゃったけど、主賓不在にもかかわらず舞踏会は朝の七時まで続いたそうです。そう考えるとワイン二千本で足りたのか心配になっちゃうね。だって、お酒好きの人って水のようにさぷさぷとワインを飲むじゃん？　ほかにブランデーかなにか、強いお酒が用意されてたのかしらん。みんな満足して帰ってくれたのならいいんだけど。

自分はお酒を飲まないくせに、なんでか妙にそういうことが気になっちゃうんだよね。いちおうは主賓だし。「足りないぐらいがちょうどいい」って考え方もあるみたいだけど、あたしはそうは思わない。あとちょっと、もうちょっと……って気分のときに、強制的にパーティー終了ってなったらガン萎《な》えじゃん？　風営法クソうざってかんじじゃん？　だったら最初から飲みきれないほどのお酒と食べきれないほどのお料理を準備しといたほうが安心でしょ？　足りないぐらいなら余らせたほうがいい。あたしの言ってることなにかまちがってる？

毎日の祝典にはいいかげん辟易《へきえき》していますが、昨日の結婚式だけはちょっと面白かったので報告しておきます。結婚式といっても、代理で挙げたやつなんだけど。他国に嫁ぐ花嫁は、ひとまず自国で代理の結婚式を挙げるのが昔からのしきたりになってるんだって。いざ出立してから「やっぱやめ」って返品されても困るから既成事実を作っておくためとかなんとか、なんだかよくわからない謎《なぞ》のシステムだけど、お姉さま方もされていたようなのであたしもすることになりました。十八世紀にクーリングオフは適用されませんのであしからず。

式を挙げたのは、かつてあたしが洗礼を受けた場所でもある聖アウグスティヌス教会でした。繊細な銀色の花嫁衣装は息を呑《の》むほど見事でうっとりしてしまったけど、正直十四歳の小娘にはまだちょっと早いってかんじだった。できることなら、あのドレスが似合うぐらいのすてきなマダムになってから結婚したかったな。

代理の花婿《はなむこ》役はすぐ上のフェルディナントお兄さまがおつとめになりました。はじまる前からなんとなくいやな予感はしてたけど的中でした。こんなことならその辺を歩いてる見知らぬムッシューをつかまえてお願いしたほうがよかったんじゃないかって思う。だって、子どものころからいっしょに庭を転げまわり、おちょくりあってゲラゲラ笑っていたお兄さまがかしこまった顔をして目の前に立ってるんだよ？　笑うなっていうほうが無理な話でしょ。お兄さまが真面目な顔をしてればしてるほど、「ちょｗｗなにマジ顔してんのｗｗｗ」ってなっちゃって、なんべん噴き出しそうになるのを堪《こら》えたことか！

こういうのあたしほんっっっと無理なんだよね。照れもあってか、すぐ茶化したくなっちゃうの。お兄さまのほうでもあたしがむにゅむにゅ笑いを堪えているのがわかったみたいで、「おまｗｗやめｗｗｗ」ってすんごい顔してた。それ見ちゃったら、もう我慢の限界。タイミングの悪いことにちょうどパイプオルガンの演奏の狭間《はざま》、静まりかえった教会にあたしの笑い声が響きわたってしまったのでした……。

トワネットちゃんオワタ[15]／(＾o＾)／

祭壇のすぐ横にいたお母さまが鬼の形相をされているのが目に入った瞬間、地獄の門《ヘルズゲート》が見えたよね。機転を利《き》かしたお兄さまが咳《せ》き込んでごまかしてくれなかったら魑魅《ちみ》魍《もう》魎《りょう》があらわれて大変なことになってたと思う。そのまま披露宴に突入したのでうやむやになって、お母さまからはまだお叱《しか》りを受けてはいないけど、もしかしたら今夜は寝ずにお説教かも……。

　そうなのです、今夜はお母さまと寝室をともにすることになっているのです。はああ、気が重い。最後の夜ぐらいしっとり母娘の情愛を示しあったりなんかして思い出話に花を咲かせたかったんですけど、おそらく説教にはじまり説教に終わるのでしょうね。あわれなトワネットの運命やいかに⁈

　――ってほらまた、こういう茶化し屋なところがお母さまの気に障《さわ》るんだってわかっちゃいるの。わかっちゃいるけどやめられないんだからお母さまもいいかげんあきらめてくれないかな……くれないだろうな。

　そんなわけで、そろそろ覚悟を決めて説教を食らいにいってきます。どうか無事を祈ってて！

(15)「終わった」の意。

一七七〇年四月二十一日（土）

ごめんなさい、今日はもう寝ます。
明日からはちゃんとする。ちゃんとするから……。

一七七〇年四月二十七日（金）

いとしのマリア、やっとあなたとおしゃべりできる時間が取れました。二十一日にウィーンを発《た》ってからというもの、町から町へと移動が続き、行く先々で盛大な歓待を受けたので、一人の時間を持つことが難しかったのです。さいわい本日は移動がなく、ミュンヘンでゆっくりできることになりました。
ルイ十五世陛下があたしのために作らせたという輿入れ用の馬車は、王冠の形をしたガラス張りで、屋根を飾るのはダチョウの羽根飾りと黄金の花束、しっとりと濡《ぬ》れたように光るビロードのシートには四季をモチーフにした刺繡が施されています。どこもかしこもそりゃあ見事な意匠が凝らしてあって目を楽しませてくれるのはいいんだけど、オーストリアの道はまだまだ整備されていないところが多く、一日八時間から十時間ほど揺られっぱなしなもんだから、ここにきていよいよお尻が悲鳴をあげてます。ペチコートを重ねても改善されず、だから最近寝るときはいつもうつ伏せです。嫁入り(16)ェ……。

さて、いまあたしの目の前には、お母さまから渡された心得書があります。

「いいですか、愛《いと》しいトワネット。毎月二十一日になったら必ずこれを読み返し、肝に銘じること。これが母からの最後のお願いです」

二十一日にウィーンを離れる際、くどいぐらい何度もお母さまが仰っていたことです。あーまたいつものやつがはじまったよ、とうんざりしちゃったけど、そのほうが気が楽でした。いつものほうがよかった。これが最後だと意識したくなかったから。

濁りのない透きとおった朝の光の中で、なぜかお母さまの輪郭がはかなく見えてお姿がよく見られませんでした。おそらくお母さまのほうでもそうだったんだと思う。これが最後だと意識すればするほど見られなかった。そんな悲しいお姿を「最後の姿」として目に焼きつけたくなかった。

（16）憂鬱な気持ちや失望を表す。

だっていま頭に思い浮かぶマリア・カロリーナといったら、別れの日の泣きじゃくった顔ばかりなんだよ。二年前、「これが最後だからなるべく瞬《まばた》きしないでおこう」と気を張って別れに臨んだせいでそうなってしまったのです。

もうこれ以上、そんな「最後の姿」を心に留めておきたくはなかったから、あたしはへらへらといつものように笑ってお母さまのお叱言《こごと》を聞き流しておりました。それがますますお母さまを不安にさせてしまったらしく、なんとお母さまったら、あたしが馬車に乗り込んでからも中に頭を突っ込んできてお説教を止《や》めなかったんだよ！　お付きの女官もみんな苦笑ってるし、あたしもう恥ずかしくて恥ずかしくて、「ちょっとちょっとお母さま、いいかげん空気をお読みになって？」って思わず言いそうになっちゃったくらいです。お母さまの目にうすく涙の膜が張っていることに気づいてしまったから言えなかったけど。

「それでは、お嫁に行ってきます！」

ちょっとそこまでお使いにでも行くような軽さで最後の挨拶《あいさつ》をすませると、すみやかに馬車を出すようあたしはお願いしました。あと一秒でも長くあそこにいたら馬車を降りたくなっていたでしょう。

ゆっくりと馬車が走り出し、その時点ですでに懐《なつ》かしさとせつなさで胸締めつけるものとなってしまった情景が遠ざかっていきます。窓越しに泣き崩れるお母さまの姿が見えたけど、さっきからずっと泣くのを堪えていたせいか、きゅっと喉《のど》を絞られるような息苦しさが続くばかりでした。いけない、これを「最後の姿」にしてはいけないと思うのにふりかえらずにはいられなくて、ふりかえるたびに小さくなっていくお母さまのお姿が、虫ピンで刺すように胸に留まってしまった。失敗した。やらかしてしまった。

ようやく涙があふれてきたのはウィーンの街をすぎてから、お母さまから渡された心得書を開いたときです。「朝晩のお祈りは欠かさずに」だとか「読んだ本のことを逐一報せろ」だとか「郷に入っては郷に従え」だとか、几帳面《きちょうめん》なお母さまの字でぎっちり書かれたおなじみの文句の数々。挙句の果てには「だれそれに手紙を書く必要はないけれど、だれそれに書くのはかまわないでしょう」なんていちいち指図してくる始末！　ひーっ！　うるさいったらありません。まったくお母さまときたらどこまでもお母さまなんだから！

そう思ったらおかしくておかしくて、声をあげて笑っていましたら、ふいにぽろっと涙がこぼれ、あっ、と自分で驚いて声をあげたら、それを合図にしたみたいにあとからあとからどんどんあふれてきて止まらなくなってしまったのです。それでも笑いやまずにいるので、馬車に乗り合わせた女官たちはあたしが引きつけを起こしたのではないかと心配していたようだけど、ちがうの、そうじゃないの、おかしくて、おかしすぎて涙が……とつっかえつっかえ答えるのがやっとでした。

いまだにこの心得書は一度も通読できておりません。ついさっきも試みてみましたが最初の数行でギブ。眺めているだけで圧を感じる呪《のろ》いの書のようです。シンプルに一言「朝晩のお祈りは欠かさずに」とお書きになればいいところを、手を替え品を替えあらゆる角度から便せん何枚にも渡ってくりかえしそのことについてお書きになるのはさすがにどうかと思います。「推敲《すいこう》」の二文字を捧《ささ》げたい。これを毎月二十一日に読み返せっていうんだから、やっぱうちのお母さまはイル[17]だと思います。イルマリアッチです。

　ほんと、いやになっちゃう。最後の最後までこんな調子でぜんぜんかっこつかないんだもん。「いままでお世話になりました」とかなんとか言いながら三つ指ついてのご挨拶……なんてガラでもないからいいんだけどさ。

　でもなんか、そういった形式にすくわれることもあるのかなって今回はじめて思ったんだよね。そういう型通りのやりとりみたいなの、これまでは正直うざって思ってたんだけど、あふれて止まらない思いがあるなら型にはめてきれいに相手に渡してしまったほうがいいんじゃないかって。うまく言えないけどなんとなく。なんとなく、ね。

　形式といえば、十日後のライン川での花嫁引き渡しについて、何度説明を受けても飲み込めなくて困ってます。オーストリアとフランスの話し合いによって、一から百まで細かく手順が決められていて頭が爆発しそう。そもそも花嫁の引き渡しをどこで行うか（オーストリア領か、フランス領か）でさんざん揉《も》めたあげく、両国のちょうど狭間にあるライン川の中州にそのためだけの館《やかた》を建てたっていうんだから正気を疑っちゃうよね！

ねえ、もしかして大人ってバカなの？　あたし、国の政治を司《つかさど》る人たちってもっと頭がいいんだと思ってた。そんなことで張り合ってなんかいいことでもあんの？　メンツがそんなに大事？　あたし政治のことなんてよくわかんないけど、それぐらいで失われるようなファッキンメンツなんかとっとと捨てちまえって思います。もっとほかに大事なことがあんだろ。そんな館を作ってる暇があったらとっとと道路の整備しろし！　フランス王太子妃殿下のケツが悲鳴をあげてんだよ！（いっけない、あたしとしたことがつい荒っぽい口調になってしまいましたわオホホ）

あたしが嫌いな「形式」っていうのはつまりこういうこと。そこに人間的なぬくもりもしめりけもなんにも感じられない、かっすかすに乾ききった頭の固いおっさんおばさんらが一方的に押し付けてくるもの。そんなもの、さっさと滅んでしまえばいい。

(17)「ぶっ飛んでいる」の意。

一七七〇年五月十三日（日）

ボンシュー、マリア。

フランス領に入ったところなので、本日はフランス風に挨拶してみました。えっ、綴《つづ》りまちがってる?!　こんなかんたんな単語なのに？　ちょおマジ凹《へこ》むわ……。

というのも聞いてちょうだいよ。やめときゃいいのにあたしったらフランス領に入ったとたん、

「みなさん、これからはいっさいドイツ語で話しかけないでください。ここから先はフランス語しか耳に入れたくないのです」

なんて瞳を潤ませながらたどたどしいフランス語で言っちゃったもんだから、「なんと健気《けなげ》な！」ってフランスの人たちみんな大感激しちゃって、そしたらもうわかるでしょ？　あとのまつりってやつ／(^o^)＼

でもまあ、あたしのフランス語はまだまだだし、王太子殿下に会うまでのちょうどいいトレーニングだと思ってがんばるしかないよね。凹んでる場合じゃありませんわ。トワネットちゃんてば健気でしょうそうでしょう。うん、知ってる！

前回お話しした引き渡しの儀ですが、おかげさまでなんとか終えることができました。非常にバカげた内容だったのですが、記録も兼ねてここに記しておくことにします。

中州に建てられた急ごしらえの館には三つの部屋があり、花嫁はオーストリア側のドアから入り、中央の引き渡しの間に国境の象徴として置かれたテーブルの前で儀式を行い、フランス側のドアから外へ出る、という手はずになっていました。その際、花嫁はオーストリア製のものを下着からなにからいっさい身につけていてはならないと前もって言い渡されていたので、あたしはオーストリア側の部屋でフランス製の花嫁衣装に着替えなくちゃなりませんでした。

「えーっ、めんどくさっ。なんでわざわざ着替えなくちゃなんないの？」

「それがしきたりですから」

はい出ました、SHIKITARI！

それ言えばおとなしく従うと思ったら大間違いだからね？　葵《あおい》の御紋(18)かなにかとかんちがいしてない？

結婚することになって改めて思い知ったけど、世の中には「そういうことになってるからやらねばならぬこと」があまりに多すぎる気がします。「なんで？」って疑問を持ったとしても、「昔からのしきたりです」って答えにならない答えが返ってくるだけだ

(18)　徳川家の家紋。黄門様がここぞとばかりに持ちだすあれ。

からわざわざ訊《き》くのもバカらしくなってくる。みんなみんな思考停止してんだもん。それについて突き詰めて考えてみたことが一度でもあるんだろうか。

とはいえ、あたし一人が反抗したところでなんともならないから、最後にはあたしも呑み込まれるよりほかありません。疑問を持ったら不幸になるだけなので、お人形さんのように心をからっぽにして儀式をこなすのみ。そういう役を演じてるんだと思って臨むと、お道化の虫がいい仕事をしてくれるのです。オーストリア側からフランス側へ、付添人の手から手へ、文字通り手渡される瞬間にも、ダンスのステップを踏むようにエスコートの手を取り、テーブルの国境を軽やかに乗り越えてやりました。エレガントな王太子妃の身ごなしに観客がため息を漏らす……それがフランスでのあたしの初舞台でした。

フランス側の付添人の手を取った瞬間、これまでずっといっしょだったオーストリアの随員がさっと波が引くようにオーストリア側の部屋に吸い込まれていくのが見えて、さすがにそのときだけはからっぽにしていたはずの心が大きく揺らぎました。待って。行かないで。あたしを置いて行かないで。思わずフランスの手を振り払い、オーストリアの後を追いかけそうになったほどでした。

さようなら、オーストリア。二度とこの地を踏むことはないでしょう。さようなら……。こみあげる思いを押しとどめ、あたしは顔をあげ、フランスへと大きく足を踏み入れました。
そのとき、あたしの目に光るものを見つけて、フランスの人たちはなにを思ったでしょう。おそらく故郷に別れを告げたばかりの可憐《かれん》な王太子妃を抱きしめたくなったはずです。これぞ涙の有効利用。あたしは転んでもただじゃ起きないし、無駄な涙も流さない。こんなことでフランス人の歓心が得られるならいくらでも泣いて見せましょう。

――と、まあ、そのような経緯でやっとフランスに入国したわけですが、オーストリアでのお見送りもそりゃあ盛大だったけど、こちらでの歓迎は熱量がハンパなくて毎日圧倒されてます。フランスの人たちはとにかく派手好きで笑っちゃうぐらいに大仰。この一週間であたしは美の女神と讃《たた》えられ、花の女神と崇《あが》められ、ありとあらゆる女神に見立てられました。くっそウケるｗｗｗ
とにかくどこへ行っても、「ようこそフランスへ！」って歓迎ムードで、どうやらフランスにも愛してもらえそうだという手ごたえをおぼえるにつれ、ライン川の中州で下着から名前からなにからなにまで身ぐるみオーストリアを引き剝《は》がされた時の骨が震えるような心細さはだんだん薄らいできました。
明日はいよいよコンピエーニュの森で王太子殿下にお目にかかることになってます。
そうそう、いちばんに報告しなきゃいけないことを忘れてました。王太子殿下に関する

新たな情報を入手したのです！（テーレッテレー♪）

というのも、ここんとこずっと「王太子殿下ってどんなお方なの？」ってヴェルサイユからはるばる迎えにきてくれた人たちにかたっぱしから突撃取材してまわっていたのです。「それはそれは素晴らしいお方でございます」なんてお追従《ついしょう》ばかりで、最初のうちはなかなか思うような情報に辿《たど》り着けなくてやきもきしちゃったんだけど。あたしが聞きたかったのは実感のこめられた確かな手触りのするもの――その水が甘いのか苦いのか、それとも酸《す》っぱいのか、そういう話だったのに。

「いや、そういうんじゃなくてさ……」

ビミョーな顔つきでいるあたしに気づいたのか、やがて一人の侍女が、「こんな言い方は誤解を招くかもしれませんが」と控えめに口を開きました。

「およそフランスの宮廷人らしからぬお方です」

彼女の発言に、周囲がいっせいに息を呑むのがわかりました。女官長のノワイユ伯爵《はくしゃく》夫人が目を吊《つ》り上げてすかさず注意しようとするのを、「いいから続けて！」と制し、あたしは彼女の話に耳を傾けました。

「とかく派手好きで軽薄なフランス宮廷内において、王太子殿下は非常に実直で飾り気のないお方です。おそらくご両親の気性をお引き継ぎになられたのでしょう。良き王になられるお方であると国民は期待を寄せております」

彼女の語る王太子殿下はあたしの気に入りました。深い森の中にいるような清冽《せいれつ》な香りがして、細密画に閉じ込められた一人の少年がはじめて立体的に立ち上がってきました。

「マリー・アントワネットさまは王太子殿下にお会いするのが待ちきれないんですのね」

それ以来、移動中にもずっとあたしが細密画を眺めているので、このごろではすっかり冷やかされてまいってます。「そんなんじゃないってば！」ってむきになって言い返すんだけど、「そんなんじゃない」ってなんだ？ってかんじだよね。あたしたちが夫婦だってことは世界中に知れ渡っているのに。へんなの。これが思春期ってやつ？めんどくさいね？

これじゃまるで王太子殿下に恋をしているみたい。お会いしたこともないのにそんなことってあるのかな。

だけど、こんな気持ちはじめてなの。あたし、どきどきしてる。すごくどきどきしています。ようやく明日、夫に会えるのです。どきどきするなってほうが無理じゃない？

明日がくるのが楽しみで、同時にとてもこわいです。おやすみなさい、いい夢を。

一七七〇年五月二十一日（月）

あなたに会いに来るのはずいぶんひさしぶりだね。えっ、一週間なんて短いほう？オーストリアにいたころは一ヶ月ぐらい間が空いたこともあるって？　うん、まあそうなんだけど、あたしの体感ではヴェルサイユでのこの一週間はオーストリアでの一年間に相当するぐらい濃かったの！　ドロドロになるまで煮込んだ特濃トンコツスープだったの！

早くあなたに報告したくてうずうずしてたんだけど、十六日にヴェルサイユ入りしてからというもの、たくさんの儀式をこなしたくさんの人を紹介されたので、落ち着く暇が一瞬もなかったんです。びっくりすることに、ひとりきりになれる時間が一秒もないんだよ！

は？　ちがうちがう、一ミリも盛《も》ってねーし(19)！　これを書いているいまもすぐそばに侍女が控えてるんだから！　ちょっと試しにふりかえってみようか？　うわ、見てる。

めっちゃ見てる。振り切って逃げようにも、「グラン・コール」と呼ばれる礼装用のコルセットで極限まで体をしめつけ、鯨鬚《くじらひげ》のパニエでフープ状にふくらませたフランスの宮廷服では身軽に動くこともかないません。

それにしても……ある程度は覚悟してたつもりだったけど、オーストリアとはやっぱり勝手がちがうね。も、ぜんぜんちがう！ 身づくろい一つとっても細かなルールが定められていて、なにをするにも女官長のノワイユ伯爵夫人をはじめとする女官たちが「これがヴェルサイユのしきたりでございヽ」とばかりにしゃしゃり出てくる。それがあまりにもばかげたルールばかりなもんだから（これについてはまた今度くわしく話すね）、ははーん、さてはこいつらグルだな、あたしがなにも知らないと思って担《かつ》ごうとしてんだな、よくある新入りへの洗礼ってやつね、とぴんときたあたしは、「その手には乗らないわよ」と笑って部屋から彼女たちを追い出そうとした……んだけど、彼女たちはいたってマジで、「そういうわけにはまいりません。決まりでございますから」だってよ！「またまた～」と肘《ひじ》で小突いてみても微動だにしない。こいつらマジや。どマジなんや。それでようやくあたしも事の次第に気づいたってわけ。ね、ぞっとしちゃうでしょ？

とまあ、万事がこの調子なので、一週間のあいだに起きた出来事を語るには日記一日

(19)「話を大げさに言っていない」の意。

分ではとても足りなそうです。なにから話したものか、いまも困ってるところ——ってわかってるわよ。あなたがいちばん聞きたがってることぐらいよおくわかっていますとも。うーん、どうしようかな……べつにもったいぶってるわけじゃないんだよ？　どう話したもんか迷ってるだけ。

ああ、もういいや。そんじゃ、ありのままに話すわね。だからお願い、あなたもそのまんまで受け取ってよ。

一週間前の十四日、あたしを乗せた馬車がコンピエーニュの森に到着したのは午後三時ごろでした。到着とともに静かな森に喇叭《らっぱ》隊のファンファーレが鳴り響き、馬車から降り立つとそこには贅美《ぜいび》を凝らした衣装で着飾った王侯貴族や近衛兵《このえへい》（a.k.a VRS《ヴェルサイユ》48）など大勢の人々が待ちかまえていました。いよいよ王太子殿下とのご対面です。心臓がばくばく鳴りっぱなしで緊張マックスだったけど、あたしって意外とふてぶてしいっていうか、わりと本番に強いほうなんだよね。

「王太子妃殿下、国王陛下にご挨拶を」

ノワイユ伯爵夫人に小声で促され、顔を上げると、ひときわ立派な四輪馬車からかなりお年を召した男性が降りてきたところでした。背が高く、肩幅も広く、鋭い光を放つ黒い双眸《そうぼう》、特徴のある鷲鼻《わしばな》。肖像画で拝見していたので、すぐにこのお方がルイ十五世国王陛下なのだとわかりました。

「はじめまして、おじいさま！」[20]

スキップするような足取りで陛下に駆け寄り、ちょこんと膝《ひざ》を折り曲げてフランス式の挨拶をすると、

「おお、孫娘よ」

と陛下はたちまち相好《そうごう》を崩され、あたしを抱きあげて両頬にキスしてくださいました。その際、陛下のつよい視線が一瞬、あたしの胸元に留まった……気がしたのはたぶん気のせいだよね。うん、そういうことにしておこう！　六十歳にもなる老人がこんな小娘の（それも孫の妻となる娘の！）ささやかな胸なんて気にするわけないし！

「まあ、なんてかわいらしいんでしょう！」

森の妖精のような優美なあたしのふるまいにご婦人方が感嘆の声を漏らすのが聞こえてきたけれど、もちろんあたしはそれが自分に向けられたものだなんてつゆも思わない、というあどけなさを装《よそお》って小首を傾《かし》げるようにほほえんでみせました。ちょっとあざとすぎるかなと思ったけれど、「天使みたいだわ……」とほうぼうからため息がこぼれてきたからつかみはＯＫ！　十六人きょうだいの中でお母さまの愛情を得るためしのぎを削ってきたんだもん。あたしにとっちゃこれぐらい朝　飯《プティ・デジュネ》前ってやつですわ。

(20) ルイ十五世の長男は一七六五年に死去。そのため孫のルイ・オーギュストが王太子となった。

そして、ここからがおまちかねの本題なんだけど——って、あ——っ！　なんということでしょう。お茶の時間がきてしまいました。いいところだっていうのにごめんなさいね。ちがうちがう、逃げてなんかない逃げてなんかない、ほんとだってば！　毎日三時には王太子殿下とともに叔母さま方のお部屋へおうかがいし、国王陛下とお茶を飲む。これがここヴェルサイユのＳＨＩＫＩＴＡＲＩなのでございます。文句があるならいつでもヴェルサイユにいらっしゃい——なんてねっ。

そんなわけで続きはまた今度。オヴォワー！

一七七〇年五月二十五日（金）

あ————なんか調子あがんね————！

これがかの有名な五月病ってやつなのかしら。おっかしいなあ、あたし、そういうのにやられるような繊細なタイプではないと思ってたんだけど。毎日なんだかうつうつとして、やることはたくさんあるはずなのになんにも手につかないので、この日記を書いています。

ついさっきまで針仕事をしてたんだけど、二針縫ったところで鬼メンディー(21)になってきて放り投げちゃった。というのも、国王陛下にゴマをする《GMS》――じゃなかった、ええっと尊敬と愛情をこめて陛下のジャケットに刺繍《ししゅう》をしているのだけど、なんせあたしときたらこの手の地道な作業がからきし苦手でしょ？　すぐいやになって投げ出しちゃうからちっとも捗《はかど》らなくて、この調子だと完成するまでにまるまる二年はかかりそう。それどころか道半ばで断念の可能性が特濃くさい。いったんその可能性に思い至ったら、あたしの性格的に続けるのは無理ってもんじゃん？　すっかりやる気が失《う》せていやになっちゃった上に、遊び相手もいないので倦《う》んでいたところです。

それでしぶしぶあなたに会いに……ってそういうことじゃないのよ！　いかんいかん、さっきから言葉のチョイスをまちがえがちだわ。しぶしぶというのは言葉のあやで、えっと、そのう、あなたにどう話したものかわからなくて困ってるのよ……その、つまりあたしの夫――フランス王太子殿下のことなんだけれども。

つい先ほども「お散歩にいきませんか」とお誘いしたら、「ちょっと調べ物があるから」と図書室にこもられておしまいになりました。

【調べ物】　疑問や不確かなことを調べること。

(21)「すごく面倒くさい」の意。

思わずあたし、部屋に引き返してフランス語の辞書引いちゃったもんね。……はっ！　もしかして「調べ物」という言葉の意味を知りたくて辞書を引いた、これも調べ物ってことになるの？　あたしが知りたいのは言葉の意味じゃなくて、どういった気持ちで調べ物なんかするのか——もっと言えば、妻の誘い（それもただの妻ではないんだよ？　新婚ほやほやの！　ヨーロッパ一名家の！　ヨーロッパ一可憐な！）を断ってまでするような調べ物ってなんなのよ？　あたしと調べ物、どっちが大事なのっ?!　ってことなんだけど。

ヴェルサイユにやってきてからというもの毎日のように続いていた祝宴がようやく落ち着き、これでゆっくり王太子殿下とお話する時間が取れると思っていたのに、今度は王太子殿下のほうが狩りに出かけたり、鍛冶場《かじば》にこもって趣味の錠前づくりをしたりなんだりで落ち着きなくあちこち飛びまわっていらっしゃいます。これならまだ祝宴の席で隣に座り、周囲の視線を気にしながら二言三言とりつくろったような会話をかわしていたほうがよかったと思えるぐらいです。午後のお茶の後、めずらしく今日はお部屋に戻られるようだったので「チャンス！」とばかりに喜び勇んでお声かけしたのに、「調べ物があるから（キリッ）」だってよ！　いったいどういうこと?!

……勘のいいあなたなら気づいちゃったわよね。そうなんです。どうやらあたし、王太子殿下に避けられてるっぽいんです。

うっ、わかっていたこととはいえ、実際、言葉にしてみると胃にずーんときちゃうね。あたしなんかやらかしちゃったのかしら？　王太子殿下を怒らせるようなことをうっかり口にしちゃったかな？　うう、ありえすぎてつらい。あたしってそういうやつだもん。不用意で無神経なあたしの発言で、お母さまやお兄さま方が酸っぱい葡萄《ぶどう》を食べたみたいな顔になってるところ、これまで百万回ぐらい見たことある。

そんじゃ、どの発言が王太子殿下のお気にさわったのかって？　それがまったくわかんないから困ってんだよ！

あたしが近づこうとすると、王太子殿下はいつもすぐにさっと背を向けて足早にどこかへ立ち去ろうとします。叔母さま方や国王陛下、ほかのだれかが同席しているときは観念したようにつまらなそうな顔をして窓の外を眺めているか、でなかったら目の前に供された料理やお菓子を食べることにひたすら集中してる。

唯一《ゆいいつ》、救いがあるとすれば、王太子殿下はあたしにだけでなくだれに対してもそうだということです。だれに対してもおそろしいほど無関心で、ぶ厚い書物と錠前だけがお友だち。強固な殻で覆《おお》われた王太子殿下の小さな世界には、何人《なんぴと》たりとも踏み込むことはできません。

いまから思えば、コンピエーニュの森ではじめてお会いしたときからそんな予感はあったんだよね。

金糸のたっぷりとした刺繍が美しい淡青の上着を身にまとい、威風堂々とした佇《たたず》まいのルイ十五世陛下の陰に、心ここにあらずといった様子で俯《うつむ》きがちに突っ立っていた背ばかりひょろりと高い青年。それがルイ・オーギュスト王太子殿下でした。

「ほれ、なにをぼうっとしておる。花嫁に挨拶せんか」

　国王陛下に促され、ようやっと王太子殿下は顔をあげてあたしをご覧になりました。ここぞとばかりにあたしは百点満点のほほえみをしてみせたのだけど、王太子殿下の濁りのない水色の目の奥に情熱の光はともりませんでした。信じられないことに、あたしを見ても王太子殿下はなにも感じなかったようです。天使のように愛らしいとフランス中が熱狂するこのあたしを前にして！

　そのとき、あたしがおぼえた感情に名前をつけるとしたら――言葉のチョイスをまちがえないように細心の注意を払って言うけれど――「失望」だと思います。なんかちがう。思ってたのとぜんぜんちがう。なんにも胸がときめかない。結婚への幻想や恋の萌《ほう》芽《が》がほろほろと指の間からこぼれ落ちていくのを感じながら、あたしは王太子殿下からの形ばかりの抱擁とキスを受けました。あたしの一つ上、十五歳の王太子殿下はおそらく女性の扱いに慣れていないのでしょう。泣きたくなるほどつめたくぎこちない夫の手に触れられ、失望はより深まるばかりでした。

　目もあてられないほどの醜男《ぶおとこ》というわけではありません。むしろさすがブルボン家というべきか、いささかの精彩は欠くものの、よくよく見ると整った顔立ちをされていて、もの静かな横顔は高貴な血筋を感じさせます。いかにも育ちの良さそうなおぼっちゃま然とした佇まいには好感が持てたし、そのくせ気取りがなくて純朴。

実際の王太子殿下は、事前に送られてきた肖像画とそうかけ離れたものではありませんでした。お会いしてようやく輿入《こしい》れの旅の途中に侍女から聞かされていた「フランスの宮廷人らしからぬ人」という言葉がすとんと腑《ふ》に落ちた気もしました。コンピエーニュの森にずらりと整列した貴族の男たちを見ればあきらかです。だれもかれも派手に着飾り、髪粉をふりかけた鬘《かつら》に大仰な飾りのついた帽子をかぶり、バカみたいに濃い化粧をして軽薄な笑いを顔に貼《は》りつけています。姿形は滑稽《こっけい》なのに、みな妙な自信に満ちていて、新しくフランスにやってきた王太子妃のおぼえをよくしようと熱いまなざしを向けてくる。目が合うとウィンクしたり、タコみたいに唇をとがらせる者までいる始末。きっしょきしょきしょきしょきしょきっしょ――――っ！　四方八方から送られるはしたない秋波におぞけがして、すぐにでも回れ右してオーストリアに引き返したくなりました。これにくらべたら、ろくに目も合わせようとせずふいと視線をそらした王太子殿下のなんときよらかなことか！　きよらかで、それゆえにつめたい氷の王子……。

とんでもないところに来てしまった、とそのときあたしは肌で感じました。だれかにすがるように抱きつきたいけれど、周囲を見渡してもだれに抱きついていいのかわからない。目の前に立っているあたしの夫。この氷の王子こそ、そのだれかであってほしかったのに。

「ねえ、トワネット、恋ってどんなものかしら？」

夜ベッドに入ってから、甘く囁《ささや》いたマリア・カロリーナの声をいまでも思い出す。目と目が合った瞬間に恋に落ちる。その人の名を呼ぶだけで心がふるえる。触れるだけで泣きそうで、キスするだけでとろけそう。あたしたちはまだ子どもで、恋というものがどんなものなのか、なんにもわかっちゃいなかった。おとぎ話で語られるロマンティックな結婚や愛しあう両親の姿しか知らなかったから、女の子にはだれにも等しく王子様がやってくるのだと思い込んでいた。いつか、いつかあたしにも王子様が、お父さまのようにすてきな王子様が……とつぶやくころにはふたりともすでにとろりとした眠りの毛布にくるまれている。まどろみの中でやさしく大きな手があたしの髪を撫《な》でつける。その感触を、あたしはずっと夢見ていたのです。

一七七〇年五月二十九日（火）

また今日もクロッテンドルフ将軍夫人の訪れはありませんでした。最初にお会いしたのが今年の二月、その後二回ほど順調にいらしてましたが、ウィーンを離れてからというものとんとご無沙汰《ぶさた》しています。最初のうちは安定しないっていうし、環境が変わると周期が変わるとも聞いていたのでそんなに心配はしてないんだけど、いらしたらいらしたで面倒くさいし、いらっしゃらなければいらっしゃらないでちょっぴり気が重い。初対面のときからあまりいい印象はなかったけど、ほんとにやっかいなお方です。

あ、そうか、あなたにはまだお話ししてなかったっけ。クロッテンドルフ将軍夫人というのはあたしとお母さまのあいだで取り決めた月のものを示す暗号です。なんでそんなまわりくどいことを、と思われるだろうけど、そのものずばりを口にするのがなんでかためらわれちゃうんだよね。生々しいかんじがするからなのか、穢《けが》らわしいかんじがするからか。とにかくあたしの中にある、あのことへの嫌悪感《けんおかん》をお母さまはずばり見破られ、このような暗号をお決めになったのでした。さすがの慧眼《けいがん》というかなんというか……母マジパネエというよりほかに言葉が見つかりません。

そちらの将軍夫人だけど、はっきりした理由もないのにこの二ヶ月ほどお顔が見れなくてどうしたものかと思ってるところなんです。――は？　おめでた？　ねーしwwwあるわけねーしwww　ウケるわ。あんまり笑わせないでよ。……はあ。

隠し事はしないでなんでも正直に話すこと。これが最初に決めたあなたとあたしとのルールだったよね。このことについて話すとなるとずーんと胃のあたりが重たくなるかんじがするんだけど（だからおめでたじゃないってば！　こってりしたフランス料理に疲れてるわけでもないからね！）、共有しておかないとこの先いろいろとこじれそうなのでここらで覚悟を決めてお話することにしましょうか。

正式な結婚式から半月経《た》ちましたが、あたしと王太子殿下はいまだに正式な夫婦ではありません。これに関しては、残念ながらなにかの暗号ってわけじゃなくそのまんまの意味です。つまり、そのう……ああ、もうまどろっこしい！　あたしの純潔はいまだに守られてるってことよ！

……っていうか待って？　自分で言っておいてなんだけど「純潔を守る」ってなに？　女は殿方のお手付き（ってこの言葉ももう！）になったら穢れるってこと？　夫婦生活に励んで子どもをたくさん産むことはよきこととされているのに？

将軍夫人との初対面の時にも思ったけど、どうしてこの手のことにまつわる言いまわしは、どれもこれもよくよく改めてみると「ん？」と引っかかるようなものばかりなんだろうね。疑問も抱かず無意識のうちにぬるっと使ってしまってる、そのことになによりぞっとしてしまいます。疑問を持ったら不幸になるだけ、疑問を持ったら不幸になるだけ……としきりに自分に言い聞かせてきたけど、このごろほんとにそうか？　と思うことがありすぎる。少なくとも今後二度とあたしは「純潔を守る」なんて言いまわしをすることはないでしょう。こうやって自分の頭で考えて疑問に対処できることはあたしにとって幸福……とまではいわないかもだけど、歓迎したいことではあります。

そう、なにもあたしは将軍夫人そのものを嫌ってるってわけではないんだよ。将軍夫人をとりまくこのシステム、これがマジないわー、きもいわーって思っちゃうだけで。ねえだってきもくない？

きもいといえば、うえええ！　超きもいこと思い出してサブイボ立っちゃった。ヴェルサイユのしきたりの中でも究極にきもいしきたりがあって、どこから話したらいいんだろう……そう、あれは結婚式があった十六日のことでした。ちょっと——いや、かなり長くなるけど、心して聞いてちょうだいね。

あの日は朝からよく晴れて、午前九時半にあたしたち一行はヴェルサイユ入りしました。はじめて目にしたヴェルサイユ宮殿の印象を一言であらわすなら、「でかっ！」てとこかな。思わずあたし、爆笑しちゃったもん。あまりに度をはずれたものを前にすると笑うしかなくなるじゃん？　そんなかんじ。なにを思ってこんなもの作ったんすか？ルイ十四世バカなの？ｗｗｗ　って。これまで目にしてきたオーストリアのお城とはくらべものにもならないほど壮大で絢爛《けんらん》豪華で、「どやどやどやどや」って圧が鬼。(22)世界でいちばん圧が鬼な女帝マリア・テレジアのもとで暮らしていたあたしが言うんだからまち

(22)「威圧感が鬼のように強い」の意。

がいない。馬車を降りてからも、口を半開きにして宮殿を見上げているあたしに国王陛下は愉快そうに笑っておられました。

「ようこそヴェルサイユへ！」

陛下のエスコートで宮殿の中に入っていくと、大理石にかこまれたホールをつめたい風がすり抜け、「さむっ！」ってあたしとっさに身震いしちゃった。五月の強い陽射《ひざ》しにさらされて汗ばむくらいだったのに、宮殿の中はなんだか寒々しくてとても人が住むような場所には思えなかった。甘く感傷的な天使の天井画、目がちかちかするようなシャンデリア、金泥《きんでい》を塗りたくった壁にはバロック調のレリーフ。「わあああああ！」と陛下を喜ばせるためだけにはしゃぎ声をあげてみたけど、ぶっちゃけあたしの趣味ではなかったね。「どや、豪華やろ」「どや、立派やろ」と終始ドヤ顔しているような押しつけがましさが感じられて、金ぴか親父《おやじ》の相手をするキャバ嬢にでもなった気がしてきました。

そこはまあ、根っからのお道化者のトワネットちゃんのことですから、

「すっごぉ〜い、こんなのはじめてぇ〜」

一オクターブ高い声を出してうんとサービスしてあげたら、

「そうか、そうか」

陛下はまんまとやに下がっておられました。ルイ十五世ちょろすぎかよｗｗｗ

けれどもやっぱりあたしはロココの娘。いずれ自分の居室《アパルトマン》ぐらいは自分好みに変え

ていけたらいいなとひそかに目論《もくろ》んでるところです。

王太子妃の居室に案内されると、すぐに国王陛下の指示で大きな宝石箱が届けられました。身をかがめればあたし一人ぐらいすっぽりおさまってしまいそうなほどの、それはそれは大きな宝石箱です。フランス王太子妃に代々受け継がれてきたというその中には、大粒の真珠のネックレスやブレスレット、ダイヤモンドのイヤリングや宝石をちりばめた扇、「MA」とイニシャルの入った七宝焼の留め具、繊細な彫金細工の小物入れ……等々、目もくらむような装飾品がおさめられていました。衆人環視の中で箱を開けたあたしは、今度はふりでもなんでもなく「きれい……」と感嘆のため息を漏らし、ちょっとだけ涙ぐんでしまいました。

ほんとうに美しいものを見ると涙が出ちゃうのはなんでなんだろう。胸のときめきがわっとあふれだし、涙に姿を変えてしまうみたい。

今日からこの宝石がすべてあたしのものになる。これに花嫁道具としてお母さまから持たされたダイヤモンドを加えたらとんでもない数になる。そう思ったら、「フ――ッ」て叫んでいますぐヴェルサイユの広大な庭を全周しなきゃおさまらないくらい漲《みなぎ》ってきてマジやばいことになりそうでした。リボンやレースやお花ばかりに夢中でこれまで宝石にはそんなに興味がなかったけど、やっぱりあたしにも宝石ぐるいのお母さまの血が流れているみたいです。ぬらりと濡《ぬ》れたように光る真珠。ゆうに五十カラットはありそうな怪しい輝きのブルーダイヤモンド。したたるようなルビーの誘惑。海より深いエメラルド。目の前にしたらもうだめ。ときめきが表面張力の限界。抗《あらが》いきれないなにか魔的な力があの美しい石々には宿っているのです。

「まだ幼いとはいってもやっぱり女だな。目の色が変わったぞ。王太子よ、この先が思いやられるなあ」

キャバ嬢に高価なプレゼントを貢《みつ》いだおっさんのような冗談を国王陛下が放ち、宮廷人がそろってお追従笑《ついしょう》いする中で、王太子殿下だけはくすりとも笑わず、一刻も早く立ち去りたそうにもぞもぞしていました。それであたし、一瞬でその場のすべてがいやになっちゃった。生まれてはじめて自分のお道化を恥じ、キャバ嬢的なふるまいを嫌悪した。

だけど、どうしてだろう。宝石箱の蓋《ふた》を閉める気にだけはなれなかったのです。「こんなものはいただけません」ときっぱり告げ、山のような宝石の数々を陛下に突っ返すなんて、そんなもったいないことできるわけがなかった。だってそれはまた別の話じゃん？　ちがう、ちがうの。あたしはべつに贅沢好きの軽薄な女ってわけじゃありません。王太子殿下にだけは誤解されたくなかったし、言い訳できるものならしたかったけど、なにがどうちがうのかうまく説明できる気がしなくて（それでなくともあたしのフランス語は幼児なみだし）、あたしは唇をとがらせ、手の中にすっぽりおさまったクリスタルの香水瓶のつめたい感触を味わっていました。

「お式の時間が迫っております。おしたくをいたしますので、どうぞこちらへ」

ノワイユ伯爵夫人に声をかけられ、あたしは国王陛下と王太子殿下にご挨拶《あいさつ》して部屋を辞しました。なんでもいい、「それでは」とか「また後で」とか形式的なものでかまわないから立ち去り際《ぎわ》になにか言葉をかけてもらいたかったのに、夫はあたしと目を合わせようともしませんでした。

問題が起こったのはその後すぐ、おしたくの部屋に移動してからのことでした。パリの服飾デザイナーに作らせたという白いブロケードの花嫁衣装に袖《そで》を通し、背中を留めてもらうようお願いしたら、「ひっ」と背後でちいさな悲鳴があがるではないですか！　なんとドレスが小さすぎて背中が閉まらないんですって！　この一ヶ月、輿入れの旅の行く先々で毎日のように開かれていた晩餐会《ばんさんかい》でごちそうを食べすぎて太ったんじゃないか。はっきり言葉にする者はいなかったけど、ざわつく女官たちの顔つきからそう思っているのことがありありと伝わってきました。

「待って？　丈も！　丈も足りてないから！　つんつるてんだから！」

太ったのではなく成長期なだけだと必死の言い訳をしたけど、「大変だわどうしましょう」「レースでうまく隠せないかしら」「はやくお針子呼んできてっ」とてんやわんやの大騒ぎでだれも聞いちゃいねえ。かくして「食いしん坊の王太子妃」というイメージがまたたく間にできあがり、ぶざまな花嫁姿で結婚式にのぞむことになってしまったのです。うえーん！　まさに「この辱《はずかし》めをどうしてくれるのっ！」てかんじでしょ？　マジ泣けるっしょ？　全墺[23]が泣いちゃうっしょ？

　宮殿内にある王室礼拝堂にはヨーロッパ中から王侯貴族が集められ、世紀のロイヤルウェディングがはじまるのをいまかいまかと待ち構えていました。この期《ご》に及んで逃げるわけにもいかないから、歩いてやったわよ、無様な花嫁姿でバージンロードを！　笑いをかみ殺すのに必死だったオーストリアでの結婚式（仮）とはうって変わって、式のあいだずっとあたしは涙をこらえていました。だれもがシミーズのはみ出た背中を見ている気がして、世界中があたしを笑ってる気がして、破裂寸前の水風船みたいな気持ちで結婚の誓いを立てたのです。

　そんなこともあってか、結婚式のあとの晩餐会では水とフルーツにちょっと口をつけただけでほとんど食事をとりませんでした。フランス製のコルセットはやたらきつくてまともに食事する気が起きないっていうのもあったけど、あれで少しは「食いしん坊の王太子妃」のイメージが払拭《ふっしょく》されたらいいなと思います。むしろあたし小食なほうなんだけどね？　手羽先一本でおなかいっぱいになっちゃうぐらいなんだけどね？？　どれだけ言い訳を重ねたところであんな無様な姿を晒《さら》したあとでは説得力もくそもあったもんじゃありません。ほんとにあんな恥ずかしい思いをしたことは後にも先にも一度も………あった。あったあったあったわ、もっと恥ずかしい思いをしたことがありましたよ、それもその日のうちに！

そうでした。もともとその話をしようと思ってはじめたんだった。やれやれ。ずいぶん前置きが長くなっちゃったね。

晩餐会が終わると、あたしたちは寝室に移動することになりました。あたしたちっていうのはもちろんあたしと王太子殿下ってことだけど、でもそれだけじゃない。その場にいた全員、陛下や叔母さま方をはじめとする王族から、名前も知らない宮廷人までぞろぞろ雁首《がんくび》を揃《そろ》えてあたしたちの後をついてきたのです。

どういうことだか意味がわからないって？　あたしだってだよ！　あたしはただ、ありのままそのとき起こったことを話してるだけなんだから！

「この人たちはなに？　どうしてあたしたちの後をついてくるのですか？」

すぐ隣の王太子殿下に小声で訊《たず》ねると、彼は面倒そうに後ろをふりかえり、片頬だけつりあげて冷ややかに笑いました。

「彼らはヴェルサイユ人。理由なんてほかにない。ヴェルサイユ人だからついてくるんだ」

いまから思えばあれはとびきり皮肉なジョークだったんでしょう。王太子殿下がはじ

(23) 全オーストリア。

めてあたしだけに囁いてくれた個人的な言葉。だけど、そのときのあたしはほとんどパニックを起こしていて気のきいた返しのひとつもできませんでした。

寝室にたどり着くと、王太子殿下は国王陛下から、あたしはシャルトル公爵夫人からナイトガウンを受け取り、大勢の目がある中で着替えさせられました。は？　ここで？　みんなが見てる中で？　着替えろって？　マジありえないんですけど！　とまわりを見渡してもだれも助けてくれそうになく、それどころか「王太子妃殿下、さあどうぞお着替えくださいませ」と急《せ》かされる始末。刺さるほどの注目を浴びながら、あたしはなるべく肌を見せないよう、体操着に着替えるJC㉔かってぐらいに細心の注意を払って着替えを済ませ、ランス大司教によって祝福を授けられた天蓋《てんがい》付きのベッドにさっともぐりこみました。

いくら郷《G》に入っ《I》ては郷《G》に従え《S》といっても、ものには限度ってものがあります。恥辱に震える体を自分で抱きしめるようにしてあたしはその状況に耐えていました。救いを求めるように隣の王太子殿下に視線を送ってみても、彼は心をどこか遠くに飛ばしているような虚《うつ》ろな表情であくびをかみ殺し、こちらを見ようともしません。

「良いか、おまえたち。今夜はしっかり励むのだぞ」

国王陛下の下卑た冗談に観衆からどっと笑い声が起きても、王太子殿下はうっそりと視線をやるだけでろくに返事もせず、あたしはあたしで一刻も早くこの悪夢が終わってくれないかとそればかりを念じながら俯いていました。幼い新郎新婦からヴィヴィッドな反応が得られないことにがっかりしたのか、陛下はさもつまらなそうに目をすがめると、さっさとご退出あそばされました。ぞろぞろとその後に続いて、大勢のヴェルサイユ人たちも寝室を去っていきます。天蓋付きベッドのカーテンが引かれ、あたしたちはようやくあたしたちだけになりました。

これが、ヴェルサイユでのもっともきもいしきたりです。ね、想像を絶するきもさでしょ？　キング・オブ・KIMO儀式っしょ？　これを超えるきもいしきたりなんて世界中どこを探しても見つからないんじゃないかって思います。

後から聞いたところによると、これはフランス宮廷で婚礼の夜に代々おこなわれてきた伝統なんだとか。王太子殿下のご両親も、国王陛下もみんなみんなみんなそうしてきたんだって。だからうちらだけ拒否るわけにはいかないんだってさ！　儀式それ自体のいびつさもさることながら、あの場にいただれもかれもがみんなあたりまえのような顔をしていたのが思い出すだにきもくてたまりません。余興の一種かなにかとでもかんちがいしてるのか、押しあいへしあいしてベッドをのぞき込んでる人までいたんだから！

そんなバカ騒ぎの最中にあって、王太子殿下だけがあからさまにうんざりした態度を貫きとおしていたのがあたしにとって唯一の救いであり、もどかしさに頭を掻《か》きむしり

(24)「女子中学生」の略。

たくなるところでもあります。
「わお！　ヴェルサイユ人ってとんでもなくクレイジーなのね」
あのとき、王太子殿下の皮肉なジョークにそう言って肩をすくめていれば、いまごろちょっとでも殿下の態度がソフトになっていたのかもしれない。そう考えると悔やんでも悔やみきれず、もう一度あそこに時間を巻き戻してやり直したい、とまで思うんだけど、そうなるとあの辱めをもう一回受けなくちゃならなくなるわけじゃん？　それはちょっとな……と思ってしまうヘタレなあたしをお許しください。

初対面の相手といきなり今日から夫婦だなんて言われたって戸惑うのはあたりまえ。初日から「オーモナムール、ジュテーム♡」ってなるほうがどうかしてる。頭ではわかってるんです。わかってるんだけど、なにかちょっとしたきっかけさえあればすぐに打ち解けられる気がするのです。「お道化仲間だ！」とすぐに見破ってアマデウス・モーツァルトと「夢の共演」を果たしたあのとき、あたしたちはろくに言葉もかわさぬうちからおたがいを認め合い、魂と魂でかたく結ばれていた。いずれは王太子殿下ともそうなれるんじゃないかと期待せずにはいられません。

しかし、「ヴェルサイユってなんかビミョーじゃね？」という価値観だけでは共通点として弱すぎるでしょうか。それぐらいでは融《と》かされないほど王太子殿下を覆う氷の壁はぶ厚そうです。かといって、氷を融かすほどの強火でぐいぐい行ったら行ったでドン引かれそうだし……どうやらあたしの夫は一筋縄ではいかなそうな相手でございます。

そう、だから初夜がどうだったのか、わざわざここに記さなくたって勘のいいあなたならもうわかってるよね？　みなまで言わんでもってかんじだよね？　だからもったいつけてるわけじゃないって！　ほんとに聞きたい？　後悔するよ？　ぶっちゃけそんなに面白い話じゃないよ？　それでも？

……何もなし《リャン》

は？　だからそのまんまの意味だって。何度も言わせないでよ。さっきも話したじゃん。王太子殿下とはまだ正式な夫婦じゃないって。文字通り「何もなし」だったの！

初夜をむかえた夫婦がベッドでなにをするかぐらい、いくら世間知らずのあたしだって知ってるっつーの。どんだけみっちり花嫁修業を積んできたと思ってんの。そこらの雑魚《ざこ》王族に嫁ぐならまだしも相手はフランス王太子だよ？　うんざりするぐらいしつこく聞かされたわよ。閨房《けいぼう》でのふるまいが国の未来を左右するぐらい大事なことだって。とーぜん王太子殿下だってそっちのほうの教育はばっちりみっちりお受けになっているはず。我々には国のために子どもを作る義務があるのです。それもできるだけたくさん、なにはなくとも男の子を！

だからといって、「あとは若いお二人で……」とばかりにお膳立《ぜんだ》てされ、「そんじゃいっちょやりますか」ってなると思う？　なるとしたらよっぽどデリカシーがないか、さもなければ根っからのヴェルサイユ人か、そのどっちかだと思うんですけど。

見物人が立ち去り、静まり返った寝室には、それでもさっきまでのざわめきの残滓《ざんし》がしつこく浮遊していました。王太子殿下がなにも言おうとしないので、すぐ隣にいる殿下のお耳に届くか届かないかぐらいの小さな声で、「あの」とあたしから小さく声をかけると、殿下はなんの反応もせず、ただ規則正しく胸を上下させて呼吸をくりかえしておられました。それが寝息じゃないってことぐらいすぐにわかったけど、それ以上あたしから働きかけるのはためらわれました。すぐ隣から衣擦《きぬず》れの音や寝返りを打つ気配がするたびに、いつ王太子殿下が手をのばしてくるかとどきどきしながら待っていたけれど、暗闇《くらやみ》の中で気を張っていられたのもせいぜい最初の三十分ぐらいで、連日の疲れもあってかいつのまにかすこんと眠っていたみたいです。気づいたときにはもう朝で、王太子殿下はすでにベッドを抜け出た後でした。

「王太子殿下は狩りにお出かけになりました」

着替えを持ってきた侍女が教えてくれました。

あっけなく初夜が終わってしまったことにほんとだったら焦《あせ》ったりがっかりしたりすべきなんだろうけれど、窓から射し込む朝の光を浴びながらどういうわけかあたしはうっすら安堵《あんど》していました。あたしがあんまり浮かれて鼻歌をうたいながら朝の着替えをしていたので、侍女たちはつつがなく初夜が完遂されたものだと勘違いしたみたいでした。何人か、シーツの上におしるしがないのを不思議がっていたようだけれど。

一七七〇年五月三十日（水）

ボンソワ、マリア。

こんな遅くにごめんね。なんだか眠れなくって……。

ううん、なんでもないの。ほんとに、なんでもないのよ。

今夜は一人でいたくないのだと何度も留まるようお願いしたのに、狩りで明日早いからと王太子殿下は先ほど自室に戻られました（ヴェルサイユでは夫婦寝室別があたりまえなのです。夫から妻の寝室に行くのは許されているのですが、その逆は禁止されています）。泣いてすがって追いかけるなんてキャラじゃないし、そんなことしたら王太子殿下はますますあたしを面倒な女だと避けるようになるでしょう。ウィーンを出てからもうずっとひとりぼっちでいる気がします。

~~あたしがフランスに来たのはまちがいだったのでしょうか~~

ごめん、なんでもない。忘れてください。もう寝ます。

一七七〇年六月五日（火）

ヤッホー！　不吉な王太子妃のマリー・アントワネットだょ☆　元気してた？　くさくさした気分を吹き飛ばそうと明るく挨拶してみたけど、逆に不穏な気持ちにさせちゃったらごめんだょ☆

え？　なに？　出だしが「ヤッホー！」っていくらなんでも古いだろって？　そらそーだ。たまに忘れそうになるけど、いま十八世紀だからね？　むしろ「ヤッホー！」ではじまるの、新しいぐらいだから。時代の最先端だから。そこんとこおまちがえなくだょ☆　死語という概念はあたくしにはございませんのであしからず。

最近ヴェルサイユは不吉な王太子妃の噂《うわさ》で持ちきりだそうで。すべては結婚契約書に落とされた大きなインクのしみからはじまったのだとまことしやかに語る人もいるらしいけど、は？　なに言ってくれちゃってんの？　ってかんじ。

というのも、王室礼拝堂で結婚式を挙げた際に国王陛下、王太子殿下、あたしの順に契約書にサインをしたんだけど、あたしがサインしたあとにペンからぽちょっとインクが落ちてしまったってだけの話なんだよ。そんなのよくあることじゃん？　いまこうしているあいだにも世界中でありとあらゆる液という液がぽちょぽちょ垂れてるじゃん？ドモホルンリンクルの貴重な一滴だってけっこうな頻度でぽちょぽちょ垂れてるよ？液これすなわち垂れるものなりなんです！　そんなにみんな新参者のオーストリア女にいちゃもんつけたくてしょうがないんスかね。もしこれが王太子殿下が落とした一滴だったらこんなふうには言われてなかっただろうにと思うとつらみがエグくて俺氏無理ぽ(25)よってかんじ。

「不吉な予兆」はまだまだ続きます。結婚式の日は朝から輝かんばかりの晴天だったのですが、式の直後に真っ黒な雲が湧《わ》き出し、激しい雷雨がヴェルサイユを襲ったのです。突然の雨はヴェルサイユではそう珍しくないことみたいだけど、ついいましがた目にしたばかりのインクの黒いしみが乾ききってないもんだから、「不吉な……」ってつい結びつけちゃったんだろうね。ただの自然現象だっつーのに、マジで無駄な意味づけ乙(26)としか。なんだかんだいってみんなそういうの好きだよね。スピ(27)をバカにしてるくせに、都合のいいときだけスピを持ち出すの。毎日のミサにもろくに通わない不信心者がなに言ってんだってかんじ。

最後の仕上げは先月の三十日、婚礼の祝祭の最後を飾る催し物がパリで開かれるとい

(25)「ひどく辛くて私は無理だ」の意。(26)「お疲れさまです」の意。(27)「スピリチュアル」の略。占いや縁起をかつぐことを指す。

うので、あたしは叔母さま方とともに四輪馬車に乗ってお忍びでパリへとまいりました。ルイ十五世広場[28]に建てられた「結婚神殿」から三万発もの花火が打ち上げられるっていうんだからマジ行きたみしかない[29]ってかんじで、もちろん王太子殿下もお誘いしたけど生返事でかわされ続け、直前になってどこかへお姿をくらまされたので、しかたなく夫なしで出かけることになりました。

しかし、そこでも不吉な事故が起こります。ちょうど女王通り《クール・ラ・レーヌ》に差しかかったところで、パリの夜空を彩《いろど》るいろとりどりの花火に目を奪われていると、衛兵が報《しら》せを持ってやってきたのです。

「つい先刻、広場で火事が起こり、この先で群衆がひしめきあい大混乱が生じております。どうか急いで宮殿にお戻りください」

叔母さま方が顔を見合わせるのがわかりました。なんとまあ不吉な。声には出さずとも、そう仰《おっしゃ》っているのと同じ顔つきでした。あたしは正方形のレースのハンカチ[30]を握りしめ、少しでも早く混乱がおさまること、被害が最小限に留まることを祈りましたが、一晩で多くの死者と負傷者が出たことを後から知らされました。

「私たちのための祝祭でこんな事故が起こるなんて、とてもやりきれないよ」

報せを受け、王太子殿下はすぐに宮殿に戻ったあたしのもとへ飛んできました。てっきり妻を気遣ってお見舞いにきてくれたのかと思ったら、彼はあくまで事務的に用件だけを告げました。

「毎月陛下からいただく小遣いを事故で被害を受けた人々のために役立ててもらおうと思うが君はどうする？　むろん強制はしないが、協力してくれると嬉《うれ》しい」

この申し出にノンを言える人間がいるでしょうか。

「もちろんです」とあたしはしおしおと頷《うなず》きました。殿下からの申し出がなくとも、なにかできることはないかと考えていたところだったのです。

「感謝する」

義務的なキスだけくれると、いたわりの言葉のひとつもなく殿下は部屋を出ていきました。

被害を受けた市民の苦しみを我がことのように引き受け、胸を痛めておられる殿下はすこぶる善良で、輿入れの旅の最中に侍女が話していたとおり、未来のフランス国王にふさわしいお方だと思われます。

けれどその一方で、どうしてその想像力を少しでもあたしに向けてくれないのだろうと思ってしまうのはいけないことでしょうか。すべてくれと言ってるわけじゃない。ほんの少しでかまわないのに。それとも、不吉な王太子妃にはそれさえ過ぎた願いなので

(28) 現在のコンコルド広場。(29)「行きたい気持ちしかない」の意。(30) それまで長方形や三角形、円形などさまざまな形のあったハンカチを正方形に統一したのはマリー・アントワネットだといわれている。

しょうか。

事故から数日後、パリに嵐《あらし》が吹き荒れたと人づてに聞きました。さいわい人的被害はなかったようですが、何百という街路樹がなぎ倒され、広場に建てられた「結婚神殿」ももろくも崩れ去ってしまったそうです。

一七七〇年七月五日（木）

あーばっかばかしい！！！！

一七七〇年七月九日（月）

やばい、やらかしちゃったくさい。

やだやだやだやだもうやだどうしよう。穴があったら奥深くに入り込んで一生をそこで過ごしたい。

あ――も――――あたしのバカ！　バカったらバカ！！！

……出だしからいきなりごめんね？　ちょっといま平静を保っていられなくて！　ふとした拍子に叫びたくなるぐらい情緒不安定で！　あーもーいーやばいやばいやばい！

昨日、ある噂を耳にしていてもたってもいられなくなり、狩りから戻ってきた王太子殿下に凸[31]してしまったのです。

「王太子殿下はこの結婚をどうお考えですか？」

昨年、殿下は一年を通して五、六回しか狩りに出かけなかったのに、あたしと結婚したとたん、なにか（ってあたしに決まってるけど）から逃げるように週二、三回のペースで狩りをするようになったというではありませんか！　そんなことを聞いてしまったら宮廷中があたしを笑っているように思えて、恥ずかしくて散歩にも出かけられないではないですか！

「どうって言われても……」

狩猟着姿のまま立ち尽くし、殿下は困惑されていました。そらそーだ！　いきなりそんなこと言われてもね！　返答に困るよね!!（あ――――――！　昨日のあたしのバカあほまぬけ！）

「だからその、あたしたち、もっとちゃんとしなきゃって思うんです」

(31)「突撃」の意。

これだけは言わなきゃと決めていた台詞《せりふ》をあたしはきっぱり口にしました。しかし、殿下はまばたきをくりかえすばかりでなにも仰ろうとしません。

　こんな王太子殿下の態度を、宮廷の人々は「愚鈍で退屈」だと嘲笑《ちょうしょう》しているようだけど、あたしはそうは思いません。二ヶ月ほどおそばで暮らしていてわかったのが、殿下は考えもなしに言葉を発することを嫌い、丹念に言葉をえらび、しかるべき部分だけ開示するよう厳しくご自分を律しているってこと。あけっぴろげに己の内面をさらし、他人からわかられることを極端に恐れている、というふうにも取れます。

「あの、だからちゃんとって言うのは、夫婦としてちゃんとっていうか、もっといっしょにいる時間を増やして仲良くしたいなって思ってて。もちろん殿下《ムッシュー》がいろいろとお忙しいのはわかりますけど、狩りのペースをもう少し減らすとかしてもいいんじゃないかなーって。猪《ジビエ》も鹿もそろそろ食べ飽きたかなーみたいな……」

　沈黙に耐えかね、あたしはついべらべらと思ってもないことをしゃべってしまっていました。ほんとにあたしときたら殿下とは正反対、ろくに精査せず、思いついたそばから弾丸を舌に乗せてぽんぽん飛ばしてしまう。その弾丸がウケてあちこちで爆発を起こせばもうけもんだし、不発に終わってもそれはそれ。瞬間を生きている——と言えばなんだかかっこよさげですが、目先の快楽を優先させて後のことは考えない、トワネットは実に刹那《せつな》的な人間なのです（ここまでわかっててどうしてやめないんだろうね？）。

「ですからつまり、あたしは殿下のことをもっと知りたいし、あたしのことも知ってもらいたいなって思うんです！　それにですね、言っちゃなんですけど、オーストリアでは夫婦は寝室をともにするものと決まってるんです。いやあのね、郷に入っては郷に従えってわかってますよ？　なんでもこちらのやり方に従うようにって母からも厳しく言い聞かされてきましたし、おとなしく嫁ぎ先の流儀に従うのが良妻ってやつなんだってこともわかった上で言わせてもらいますけど、新婚なのに寝室別ってちょっとどうにかなんないもんですかね？　いや、百歩譲って寝室別でもかまわないですよ？　そんならそれで、せめて夜這《よば》い……じゃなくて、寝室を訪問できるのは夫だけってルールを妻も可にするとかぐらいの譲歩をしてもらえませんかね？　いや、夜這いなんてしませんよ？　しないけど、その、なんていうか、もしものときのため？」

殿下があまりになにも仰らないものだから、最後には余計なことまで口にしてしまっていました。「あ、いやその、なにも夜のことだけを言ってるわけではなく精神的なあれもあれであれしたいわけですが……」いくらなんでも露骨すぎたかと思い、ごにょごにょ急いでつけくわえましたが、いまさら引っ込みがつきません。黙って聞いていた殿下は、ふん、とすこし考え込むように頷いて、いつものように慎重に言葉をえらびながら胸の内を語りました。

「私だって夫婦が夜どうするべきかなんにも知らないわけじゃない。ただなんていうか、この結婚はあまりに儀式的で、どうしても心がついていかないんだ。そんな形での結婚は君だって望んでいないだろう？　二人にとってどんな形が最善なのか、このところずっと考えていたところだ」

その言葉は、あたしを喜ばせるのと同時にがっかりさせもした。殿下があたしのことをちゃんと考えてくださっているとわかっただけでもうれしかったし、あたしと同じようにこの結婚に対して複雑な思いを抱いていることはさらにうれしかった。やはり殿下はデリカシーの欠如したこの宮殿内に於《お》いて、めずらしく繊細な機微を持ち合わせておいでなんだって。

しかしその一方で、王太子殿下はあたしに恋をしていないのだと改めて思い知らされるようでもありました。恋の情熱さえあればそんなことごちゃごちゃ考えてる場合じゃない、壁ドーンからのガッ、ギュッ、ブチューで、はいいっちょあがりめでたしめでたしってもんじゃん？「あなたを見ればどんな殿方だって一目で恋に落ちるでしょう」とあれほど祝福され、太鼓判を押されまくって華々しく送り出されたのに、いまだに夫のハートを射止められないままだとそろそろオーストリアにも伝わるころでしょう。あ、穴……掘ってでも穴に入りたい……。

「不安にさせてしまったのならすまなかった。努力はしよう。今月にはコンピエーニュに行くことになるから、はじめて私たちが出会ったあの場所で仕切りなおしてみるのもいいかもしれないね」
最後に殿下はそう言うと、いつもの冷淡で儀礼的なキスをして、足早にそこから立ち去りました。無理やり言わせた感がハンパなくて、素直に喜ぶことなどとうていできません。めんどくさい女だと思われてしまっただろうか。はしたない女だと思われてしまっただろうか。重たい女だと……(ry[32]
どういうわけか殿下の前だとあたしのお道化は発動しないみたいなのです。ほかの人が相手だったらもっとうまくできるのに、殿下にだけは軽蔑《けいべつ》されたくない、嫌われたくないという気持ちが過剰に働いて、コミュ障[33]の鈍臭い女になってしまう。あたしごときのお道化でかんたんに操作できるほどちょろいお方だとも思いませんし、操作できてしまったらしまったで幻滅してしまいそうだしで、あれこれ考えすぎて思考回路がショート寸前でございます。
あー、それにしてもやらかした。完全にやらかしてしまった。後悔したところでどうにもならないとわかっていながら、自分の言ったことを反すうしてその日の午後はずっとカウチの上で悶絶《もんぜつ》してました。ときおり「ぎゃーっ」と奇声を発するあたしを心配し、なにがあったのか、なにか悩み事があるのかとヴェルモン神父がしきりにたずねてきたけど、こんなこと話せるわけもないのでひたすら無視しておりました。告解したらすこ

（32）以下略。（33）コミュニケーション障害。

しは楽になる……わけないか。ああ、穴……穴を探す旅に出たい……むしろ穴が故郷では……と思えてきたほどです。

でもでもでも、まだ希望は捨てないから！「コンピエーニュに行ったら」ってたしかに王太子殿下は仰いました。言質《げんち》はとったのであとは実行に移すのみ！いざとなったらうんとセクシーなナイトガウンで「や　ら　な　い　か」[34]と誘ってやります！

穴があったら最深部に引きこもって暮らす所存ですが、なんとか這い出してコンピエーニュにだけは行こうと思いましたまる[35]

一七七〇年七月十日（火）

ボンジュー、マリア。

ヴェルサイユはいよいよ夏到来といったかんじで、風向きが変わるとどこからともなく悪臭をともなった湿気が流れ込んできます。そのせいでみんなばんばんお香を焚《た》き、体臭を消すために強い香水を頭からふりかけてるもんだから宮殿内はむせかえるようです。おかげですっかり食欲が減退し、お菓子ぐらいしか食べる気になりません。早く夏の離宮に避難しないと夏バテで倒れてしまいそう。

そう、予定では今日からショワジーに行くはずだったんだけど、王太子殿下が風邪を引いたので延期になったのです。熱もあるみたいだったからおそばに仕えて看病したいと申し出たのだけど、「気持ちはありがたいが、うつすといけないから」とぴしゃりと拒否られました。でもぜんぜん平気。よゆーっすよ。塩対応[36]には慣れっこなのでいちいち傷ついてたら身がもちません。

でもさ、風邪を引いて寝込んでるときって、心細くてだれかにそばにいてもらいたくなるもんじゃん？　オーストリアにいたころはあたしが風邪を引けばマリア・カロリーナが、マリア・カロリーナが風邪を引けばあたしがそばにいて、最終的にはどっちかがどっちかに風邪をうつし、ふたりして熱を出して寝込んでいたものです。

幼少期、王太子殿下は亡《な》き兄上ブルゴーニュ公の病床にずっと付き添っていらしたというから看護人の苦労を身をもっておわかりなのでしょう。おそらくそれで、あたしをご自身のベッドから遠ざけられたのだわ。愛する妻に苦労を背負わせたくなくて……ああ、なんとお優しい心遣い……うれしくて涙が出ちゃう……だって女の子だもん……なーんてな！

ヴェルサイユ暮らしも二ヶ月になると、なんでも自分の都合のいいように解釈しない

（34）山川純一『くそみそテクニック』に登場したセリフ。（35）句点「。」の意。（36）アイドルが握手会などでファンに対してとる素っ気ない態度。

とやってられません。だれも傷つけないし自分も傷つかない、これぞライフハックってやつでございます。フランスにきてからずいぶん鍛えられ、トワネットは立派なタフレディになりました。お母さん、見てるーっ？

ここにきてようやく、あたしもヴェルサイユがどういうところなのかわかってきました。最初のうちこそ右も左もわからず迷子の子どものような心持ちでいたので、親切そうなほほえみを浮かべて近づいてくる殿方《ムッシュー》やご婦人《マダム》につい甘えたり縋《すが》りたくなっていましたが、そういう輩《やから》にこそ気をつけるべきだったようです。彼らに心を許したあまり漏らしてしまった軽はずみな一言（ex.「フランスよりオーストリアのお菓子のほうがおいしい」「マリア・テレジアによる娘たちへの恐怖政治ェ……」「こっちの人はなんでみんな動物《ムスク》系の香水をつけてんの？　くさくね？」）が翌日には宮殿内でバズってる[37]なんてことが続けて起こり、さすがにあたしも学習しました。

夜会の最中、遠くのほうで顔を寄せ合ってひそひそ話をされているご婦人方はいったいだれの噂話をしているんでしょう。紅を塗りたくった意地悪な唇が「オーストリア女」と動いた気がするのは被害妄想？　あのマダムはたしか、つい先日まであたしにおもねるようなことばかり仰っていた気がするけれど、一向にあたしが靡《なび》かないので宗旨替えでもしたんですかね。

こんなのはよくあること。どこにいても常にだれかに見られているし、常にだれかが耳をそばだてている。庭を散歩しているときにふと視線を感じてふりかえると、ヴェルサイユ宮殿の千の窓がこちらに向けて真っ暗な口を開けています。その奥にどんな顔が潜んでいるのか、どんな陰謀が蠢《うごめ》いているのか、こちらから見通すことはできません。

ここは宮殿という名の大きな劇場です。だれもが豪華な衣装に身を包み、偽りの自分を演じています。ここで必要とされるのは美しく洗練された外見とふるまい、自己プロデュース能力と場の空気を読むこと。内実など伴わなくてもかまわないし、だれもそんなこと気に留めません。みんな自分をアピールすることに必死で、他人の話なんてまともに聞いちゃいないんだから。そのくせだれかの失言ややらかしちゃったエピソードだけはなにがあっても聞き逃さない。

彼らのいちばんの関心事といえば、パリの最新モードと醜聞《ゴシップ》、閣僚の開く昼食会への招待状を手に入れること。怠惰で軽薄、不道徳であることが美徳とされ、どんなに頭がからっぽでも機知《ウィット》に富んだジョークをぽんぽん飛ばせるほうが勝ち組で、軽やかに夜会の席を泳げず壁の花となるのはイケてない負け犬。ヴェルサイユ人たちはそろいもそろって虚栄心を満たすことに心を砕き、権力者に媚《こ》びへつらい、うまく立ちまわって自分の地位をより確かなものにすることに血眼になっています。ここでは誠実であること、善良であること、飾らずにありのままの自分でいることは、愚直な野暮天とみなされ嘲

(37) 情報があっという間に広がること。

笑の対象になります。そう、たとえばあたしの夫ルイ・オーギュスト王太子殿下などはその筆頭です。鏡の間を歩いていると、「錠前萌《も》えのキモオタ」などと彼をバカにする声がいやでも耳に入ってきます。

だけど、どうしたわけか、あたしの目には王太子殿下がいちばん良いもののように映るんです。赤いヒールの靴を履き、金銀宝石をちりばめた宮廷服で着飾り、ダンスのステップを踏むかのような気取った足取りで歩く殿方よりも、飾り気のない灰色の上下を着て、引きずるように重たい足取りで歩く殿下のほうが、ずっとずっと好ましく思えるんです。

だって考えてもみて？　心にもない美辞麗句をぺらぺらと口にする数多《あまた》の殿方よりも、必要最小限のことだけ簡潔に述べ、まちがってもそら言など吐かない殿下のほうがよくね？　普通によくね？　そりゃあたしかに錠前づくりは少々マニアックな趣味かもしれないよ？　でもギャンブルや女遊びにうつつを抜かしたり、夜な夜などこかの舞踏会に出かけて権力者に尻尾《しっぽ》(38)ふるぐらいなら自宅の鍛冶場にこもっているほうがぜんぜんあり！　ありよりのあり！　ってかんじでないですかね？（もう少し妻にも時間を割いてもらえるとなおいいんですけど……）

べ、べつに惚気《のろけ》てるわけじゃないし////(39)　妻の欲目ってわけでもない……と思う。たとえ彼があたしの夫でなくとも、あたしはこの宮廷で彼を見つけていた。そう自信を持って言える。虚飾と欺瞞《ぎまん》に満ちたこの伏魔殿でただ一人、信頼にたる人物が自分の夫であることがあたしはとてもうれしい。みんなが陰で彼を笑えば笑うほど、思いはいっそう募るようです。

やっぱり惚気みたいになっちゃってるね。そんなつもりじゃなかったのに。そもそもあたし病床にすら入れてもらえないぐらい避けられてるから——って、あっ、いけない！　ほんとのこと言っちゃった！

ううう、自分で自分の言ったことに傷ついてたら世話ないね。最近こんなふうに気分が落ちてきた時は、人払いをして宝石箱を開けるようにしてます。手のひらの上でダイヤモンドを転がして光に透かしてみる。つめたい真珠が体温で少しずつ温まっていくのを楽しむ。無防備にほんものの輝きをさらけ出している石々を眺めていると、とても心が慰められます。まがいものの煌《きら》びやかさで自分を大きく見せようと躍起になってる宮廷人の中で、王太子殿下のお姿を見つけたときの気分にすこし似てるかもしれない。清らかさに胸がすうっとする。ほんものの高貴とは、おそらくあの方のようなことを言うのでしょう。

やだ、また殿下の話になってる！　なんでもかんでも自担(40)に結びつけて語ろうとする

(38)「かなりあり」の意。　(39) 照れている様子を表す。　(40) アイドルグループのなかで、自分が応援しているメンバーのこと。

なんてどこのドルオタだよってかんじだよね。でもたしかに、恋と呼ぶにはキモすぎる、愛と呼ぶにはウザすぎる、けれどその存在が生きてく上での道しるべになっている。こんな気持ちのことを人は「担当」と呼ぶのかもしれません。

自担呼び、これから積極的に使っていこうかと。「王太子♡」「ピースして」って書いたうちわを持ち歩くべき？　それとも「スマイルちょうだい」のほうがいいかな？

一七七〇年七月十二日（木）

一日休んだおかげで自担はすっかり回復され、昨日からショワジーにやってきています。お母さまへの手紙をついいましがた書き終えたばかりなので、その勢いで日記も書いちゃうね。

といってもお母さまへ書いた手紙を丸写しするだけなんだけど。フランスであたしが毎日どのように過ごしているのか、詳細を知らせるようお母さまから請《こ》われていたのでお答えしたのです。記録もかねてあなたにもお知らせしておきましょう。

九時、起床。着替えてから朝のミサ。その後、お風呂《ふろ》に入りながらかんたんな朝食。ショコラとクロワッサンなど。殿下は早朝から狩りに出かけていていないことが多いので、朝食は一人でとることが多いです。

十時半、叔母さま方の居室を訪問。たいてい国王陛下もいらしているので、そこで朝のご挨拶《あいさつ》をします。

十一時、自室に戻り、髪のセットをしてもらいます。

十二時、この時間になると貴族ならだれでも王太子妃の部屋に入ってこられるようになる（！）ので、彼らに見守られながら紅をはき、手を洗います。途中、殿方が退出されると、残ったご婦人方が見守る中で着替えにとりかかります。この着替えの段取りがとにかくこみいっててややこしいんだけど、あたしは自分ではなんにもしちゃいけないことになってるので、毎日じれったさにいらいらしています。

ノワイユ伯爵《はくしゃく》夫人（「マダム・エチケット」とこっそりあたしは呼んでるw）が言うことには、

「王太子妃殿下にその日のお召し物をお渡しする役目は、身分の高い女性たちにだけ許された特権なのです」

とのことで、だれがどのようにあたしに着替えを手渡すか、身分によって厳密に決められているのだそうです。

たとえば、衣装係女官長がシミーズをあたしに手渡そうと準備していたとする。身づ

(41) アイドルオタク。

くろいの儀式がはじまってからも出入りは自由になっているので、そこへドアを引っかく不快な音(42)とともにどこかの公爵夫人が入ってくる。そうなると、自動的にシミーズを手渡す権利はその場でもっとも身分の高い公爵夫人のものになるんだって。公爵夫人は手袋を脱いでシミーズを受け取ろうとするんだけど、衣装係女官長から公爵夫人に直接手渡してはならないという謎《なぞ》の決まりがあるので、シミーズはいったん身づくろいの補佐をつとめている寝室係女官長に戻され、そこから公爵夫人に手渡される。と、そこへまたドアを引っかく音がして、今度は王族の女性が入ってくる。当然ながらシミーズを手渡す権利は公爵夫人から王族の女性に渡り、いつまでもあたしのもとには届かない。目と鼻の先で自分の下着がご婦人方のあいだをぐるぐるまわっているのを、あたしは裸で突っ立ったまま眺めていなければならないのです。

「マジか《mjk》」

って思わずつぶやいちゃったよね。

言っとくけど、作り話じゃないよ。っていうか、作り話でもこんなのなかなか思いつかないって。いったいだれがこんな狂ったシステムを思いつくんだよ——って、あっ、ルイ十四世でしたそうでした。歴史の授業で習ったわ、そういえば。そもそもは国王のあっとうてきけんりょくを見せつけるためにはじめたとかなんとかってことらしい（うろおぼえ）けど……うーん、正直ビミョーじゃね？　いまとなってはすっかり形骸化《けいがいか》しちゃって、やる意味あんのってかんじだし――なんてことをぽろっと漏らしたりでもしたらさあ大変。すぐにマダム・エチケットが飛んできて、唾《つば》まきちらす勢いでの大演説がはじまります。

「いいですか、マリー・アントワネットさま。身づくろいの儀式はフランスの最高位の女性、すなわち王太子妃殿下であるマリー・アントワネットさまの大切なお務めなのです。宮廷中――いいえ、フランスひいては全世界に、このブルボン王朝の力を示すためのきわめて重要な儀式の一つ。マリー・アントワネットさまの一存で取りやめにできるようなものではございません。そのようなことは今後二度と軽々しくお口になさらぬよう、どうかお約束してくださいまし。マリー・アントワネットさまがくだらないとお笑いになるこの儀式を取りやめにすることによって多くの人間が職を失うことになりますし、多くの貴婦人方はマリー・アントワネットさまにお着替えをお渡しする以上の喜びなどこの世にないと考えておられます。どうか我々から大切な職務と喜びを奪い去るようなむごいことだけはおやめくださいませ」

ここまで強めの圧で言われて強硬な姿勢を取り続けることがあなたにはできて？　あたしには無理です！

「つまり、あたしはヴェルサイユの着せ替え人形ってことね」

(42)ヴェルサイユでの入室の合図。ノックの代わりに用いられていた。

せめてものイヤミのつもりで言ってやったのに、

「おわかりいただけたのであれば幸いです」

マジレスｋｔｋｒ[43]！　もお、がくぜんとしちゃった。もしかしたらぜんぶわかった上でやってんのかもしれないけど。

「いいですか、マリー・アントワネットさま。なにも私は個人的なお願いをしているわけではございません。マリー・アントワネットさまが宮廷儀礼に倣《なら》ってお過ごしになることで、一日も早くヴェルサイユの水になじまれることを願っておられるのは、だれあろう国王陛下であらせられるのですよ」

　こないだもちょっとした手順をめぐって諍《いさか》いになったんだけど、最後の最後に陛下の名前を出すなんてずるくない？　葵《あおい》の御紋よろしく白百合《しらゆり》の御紋[44]を出されちゃったらこっちはぐうの音も出ないじゃん。

　さすが倍以上も年が離れているだけあってノワイユ伯爵夫人はなかなかに手ごわい相手です。みずからエチケットの奴隷《どれい》であることを認めた上で、あたしにもそれを強いようとしてるんだから、お母さまとやってることはたいして変わらない。上から高圧的に押しつけるか、下から高圧的に押しつけるかのちがいしかない。あたしはだってほら、そういうのにはすぐぺしゃんこになっちゃうから。強固な意志など持たないふにゃふにゃの綿菓子みたいな女ですもの。はじめる前から負け戦《いくさ》が決まっていたわけです。

そんな調子で、最近では無駄な抵抗をすることもなく、おとなしく身づくろいの儀式を受け入れています。すんなり済ませられる日もあれば、いつまでも着替えがまわってこなくて寒さに震える日もあります。ヴェルサイユの冬は室内にいても凍える寒さだというから、いまから冬が来るのがおそろしい……。

着替えが終わると、ちょうど王太子殿下が狩りから戻ってくる頃合いなのでいっしょに礼拝堂に向かい、ミサに参列します。その後、殿下とふたりで昼食をとります。殿下もあたしもとにかく食べるのが早いので、一時半頃には昼食を終え、自室に戻ります。殿下はたいていの場合、殿下はなにかしらご用がおありなので（調べ物とか大昔の議事録を読んだりとか錠前づくりとか……）、おとなしくあたしは引き下がり、自分の居室で刺繍《ししゅう》をしたり読書をしたり、あるいはこうして日記を書いたりします。

三時、叔母さま方を訪問。この時間には国王陛下もいらっしゃるので、陛下が手ずからいれてくださったコーヒーをみんなでいただきます。お母さまがお好きだったのでオーストリアでも何度か口にすることがあったけど、あたしにはまだコーヒーの良さがわからないみたいです。陛下にいれていただいた手前、お断りするわけにもいかないのだけど、ほんとだったら脳が溶けそうに甘いショコラが飲みたいところです。「フランス菓子よりオーストリア菓子のほうがおいしい」という失言が広まってからは下手なこと

（43）「キタコレ」の意。（44）フランス王家の紋章は百合の花。

を言わないように気をつけてるけど、フランスのお菓子の中でもマカロンは気に入ってよく食べています。さくさくした歯ざわりで、しゅわっとはかなく溶けて消える。これほどヴェルサイユにふさわしいお菓子があるかしら。

四時になるとヴェルモン神父がやってきて読書と勉強をします。そうそう、説明が遅れました。オーストリアであたしの家庭教師を務めていたヴェルモン神父が、このたび王太子妃付き朗読係としてフランス宮廷に出仕することになったのですyeah〜！ あいかわらず小うるさくて、二言目には「そんなことではマリア・テレジアさまがお嘆きになりますよ」とかって脅しにかかってくるんだけど、見知った人のいないフランス宮廷で彼の顔を見るとほっとしてしまうぐらいには慰められてます。

五時、チェンバロ、または歌のレッスン。

六時半、叔母さま方を訪問して夕食までカード遊び。天気がよければ散歩に出ることも。

九時、夕食。陛下や叔母さま方と家族だけでこぢんまりといただくこともあれば、公開晩餐会《ばんさんかい》もあります。

また謎の用語が出てきて混乱されたかと思いますが、どうか安心してください。あたしもこのしきたりには慣れてません（どのしきたりにも慣れたおぼえはないけどね！）。なんとヴェルサイユでは王族の食事を国民に公開しているのです！ 極端に身なりのみすぼらしい者でないかぎり、ヴェルサイユはだれにでも門戸を開いております。地方から観光にやってきた田舎者の一家が雁首《がんくび》揃《そろ》えてあたしたちが食事している姿を見物にやってくる、そのおぞましさといったら！　きついコルセットとの相乗効果で食欲なんかどこかへ飛んでいってしまいます。王太子殿下が食事をしている隣で、あたしはいつもお水だけをちびちびいただき、彼らの視線にさらされるのをじっと耐えています。

……いや、あの、べつに差別とかそういうんじゃないんだよ？　なんていうか、正直なところ、あたしは彼らがこわいのです。普段あまり触れ合う機会のない者たちですし、なにをしでかすかわかったもんじゃないじゃないですか。いえ、ちがうんです、ちがうんです。あたしが言いたいのはどんな輩がその中に混じっているかわからないということであって、偏見なんかほんとにないんだってば！　ほらだって、大昔に宮殿の敷地内で国王陛下が暴漢に襲われたこともあるっていうじゃん？　このことからもわかるようにヴェルサイユの警備はおよそ万全とは言いがたいわけです。たとえていうなら、ちゃんとした剝がし[45]のいない握手会で有象無象の相手をしなければならないアイドルみたいなもんだよ？　あたしがどれだけの緊張と恐怖にさらされているか少しはわかってもらえた？……いや、あの、もちろん、ヴェルサイユを訪れる人々のほとんどが善良で健やかなる精神をお持ちだということは重々承知していますが。

(45) アイドルの握手会などで、ファン一人の制限時間が終わると無理矢理にでも終了させる係の人。

夕食が終わると、再び叔母さま方を訪問し、国王陛下に夜のご挨拶をします。長い一日はこれにて終了です。日付が変わる前には床につきます。

あたしの一日はだいたいいつもこんなかんじ。

ちなみにお母さまへの手紙にはエチケットをめぐる仁義なき戦いについては書いていません。できるだけありのままに、思ったままを書くようにと再三お母さまからは言いつけられているけど、この日記にあるみたいにほんとにあたしが思ったままを手紙に書きつけたら、瞬間湯沸かし器のごとくお怒りになるのは目に見えてるじゃんね。へたしたら脳卒中を起こしてぶっ倒れちゃうかも。おおこわ！　だれがそんなバカな真似《まね》をするもんですか。そんなになんでもかんでも親に話す娘がどこにいるんだっつーの。

こういうやり取りをするたびに不思議に思う。お母さまは娘だったことがないのかなって。もちろんそんなわけないってわかってる。わかってるんだよ。だけど、お母さまを見てると最初からお母さまとして生まれてきたようにしか見えないんだもん。大人（あるいは母親？）になると娘だったときのことを忘れちゃうもんなのかね。

あたしはやだな。忘れたくない。この先子どもを産むことになったとしてもいまの気持ちをなるべく忘れないでいたいと思う。そんな心配をする前にやることとやんのが先だろって？　あーあーあーあー聞こえなーい(ﾟ∩ﾟ。Дﾟ。)

一七七〇年七月十六日（月）

ショワジーから戻ってきてまもないですが、明日からまたしばらく留守にします。そうです、いよいよコンピエーニュに行くのです！（いかん、「コンピエーニュ」という字面《じづら》を見ただけで顔がにやけるｗｗｗ）国王陛下は毎年夏になると狩猟のためにコンピエーニュでしばらくお過ごしになるんだそうで、夏のあいだは宮廷もごっそりそちらに移動することになってるんです。

コンピエーニュといえば、王太子殿下をはじめとするフランス王家の方々にはじめてお会いした場所ですが、まだあなたにはちゃんと紹介してなかったよね。登場人物が増えてきて混乱するといけないから、このへんでざっくりとヴェルサイユ劇場のメインキャストであるブルボン王家のみなさまをご紹介しときましょう。

まずはすでに何度か登場したルイ十五世国王陛下について。

もうだいたいわかってると思うけど、さくっとあらわすと「軽薄で無神経なエロジジイ」ってとこかしら。若いころはオーストリアにまで評判が聞こえてくるほどの〝美王〟だったそうだけど、現在の国王陛下は虚無のマントをまとったようにどこか投げやりで、かつての輝きを見つけ出すのはむつかしい。先代の〝太陽王〟ルイ十四世とはうってかわり、政治には無関心で色事にばかりかまけているせいか、長年の淫蕩《いんとう》生活からくるうす汚れただらしなさが皮膜のように全身を覆《おお》い、せっかくの美貌《びぼう》を台なしにしてしまったのかもしれません。

さて、次は国王陛下の三人の娘たちについてです。叔母さま方はすでに三十代後半にさしかかっているけれど、お三方ともご結婚はされずに実家のヴェルサイユ宮殿で暮らしておられます。フランスとオーストリアが同盟を結ぶにあたり、あたしのお兄さまであるヨーゼフ二世との縁談が持ち上がったこともあったらしいんだけど、「老嬢はちょっと……」とお兄さまのほうから拒否ったんだとか。「もうちょっと言葉選べよ！」ってかんじだけど、お世継ぎのこともあるし、なるべく若く健康な姫君を娶《めと》ったほうが我がハプスブルク家も安泰というもの——とその話を聞いたとき、ごくごく自然にあたしはそう思っていました。ぞっとしちゃうでしょ？

やはりあたしにはマリア・テレジアの血が流れているのです。自分が「牝馬《めすうま》」としてジャッジされることには激しい拒否反応をしめすくせに、ごくごく自然に叔母さま方をジャッジしてしまったのです。血は争えないってこういうことをいうんだね……。

「そりゃそうだ。こんな年増《としま》のブスをだれが好んでもらいたがる。王太子妃の兄君とは話が合いそうだな」

しかし、そんなあたしの複雑な心中を知るよしもない国王陛下はことあるごとに話を蒸しかえします。

この話題で愉快そうに笑っているのは国王陛下ただお一人のみ。当の叔母さま方は「またはじまった」とばかりに白けた顔を見合わせ、王太子殿下はお得意の「我関せず」モードに突入してぼんやり窓から空を見上げるばかり。あたしはといえば、陛下にお追《つい》従笑《しょう》いするわけにもいかず、かといって叔母さま方に同調するわけにもいかずに、カップのお茶をごくごく飲み干すしかありません。この話題がのぼった日は何杯もお茶をおかわりするので、夜中に何度も目が覚めてトイレに行くはめになります。ていうかそもそも縁談を断ったのはあたしじゃないし、まばゆいばかりの若さもフランス王太子に嫁いだのも、ぜんぶぜんぶあたしのせいではないのに、どうしてこんなに気まずい思いをしなくちゃいけないの？　それとも「気まずい」と感じることそれ自体が失礼だとでもいうのかしらね？

陛下の叔母さま方に対する暴言はこれにはじまったことではありません。いちばん下のソフィーさまは「カラス《グラーユ》」、まんなかのヴィクトワールさまは「雌豚《コッシュ》」、いちばん上のアデライードさまは「ボロぞうきん《ロック》」とそれぞれ酷《ひど》いあだ名をつけられています。最初に陛下が叔母さま方をあだ名で呼んだときはびっくりしてしまったけど、どうやらそれは非常にねじまがった愛情表現として両者のあいだで通用しているようなのです。父親が娘につけるあだ名といえば、花の名前や小動物、甘いお菓子なんかを思い浮かべるのが「普通」でしょう？　だけど、「おい、雌豚」と陛下に呼びかけられ、「はい、お父さま」とヴィクトワールさまがにこにこ笑ってお返事されている姿を見ていると、「普通とは」という哲学的な問いが浮かび、宇宙空間に投げ出されたような心持ちになってしまいます。

叔母さま方にはほかにも縁談がなかったわけではなさそうですが、ほとんどは陛下の手によって握りつぶされてしまったようです。娘たちをかわいがるあまり、いつまでも手元に置いておきたいとお考えになったのだとか。叔母さま方は叔母さま方で、名前も聞いたことのないような小国の王族に嫁ぐぐらいなら、ブルボン家の王女としてフランスに留まることをお望みになったのだそうです。「結婚こそが女のしあわせ」と豪語して憚《はばか》らないうちのお母さまが聞いたらどんな顔をするでしょう。それでなくともお母さまは、叔母さま方のことを「あのお気の毒な方々《メダム》」と呼んでいたぐらいです。

叔母さま方が実際に「お気の毒」かどうかはわかりませんが、叔母さま方はあたしにとても良くしてくださいます。三年前に前王太子妃（王太子殿下のお母さま）、二年前に王妃さまが続けてお亡くなりになってしまったということもあり、宮廷であたしが頼りにできる女性は叔母さま方をおいてほかにおられません。

「フランス王太子妃としてふさわしいふるまいができるよう、わたくしたちが責任をもってあなたの面倒を見てさしあげますからね」

はじめてお会いしたとき、叔母さま方はやさしくお声をかけてくださいました。

「なにか困ったことがあれば遠慮せずに仰《おっしゃ》ってくださいね。王太子殿下はわたくしたちにとってはかわいい甥《おい》っ子。その妃《きさき》であるあなたをわたくしたちが愛さないでいられるわけがございませんせん」

感激のあまり、あたしは涙で顔をびしょびしょに濡《ぬ》らす――というふりをかましてみました。

年上の女性を少女のピュアネスで攻め落とそうとするのはなかなかに際《きわ》どい賭《か》けだってことぐらいわかってる。ちょっとでもさじ加減をまちがえると興ざめされるおそれがあるし、受け取る側の心持ち次第では「あざとい」と取られかねない。だけどあたしはたくさんいる姉妹の中ではいちばん下、年上の女性に気に入られる術《すべ》なら心得てる。素直で従順、つねに称賛と尊敬のまなざしを返し、バカすぎず賢すぎず、そこそこの教養があり、気の利《き》いた応対ができるけれど自分をおびやかすほどの才気はなく、お人形さんのように御しやすくかわいい女の子。彼女たちがあたしに求めていることぐらいだいたいわかります。

あたしは、自分が泣いていることにも気づいていないというふりをしてぽろぽろ涙をあふれさせました。アホの子だとでも思ったのでしょう。叔母さま方は見てはいけない

ものを見てしまったかのようにぎょっとされていました。そこであたしは急いで舵《かじ》を切り、

「ごめんなさい。あたしったらお見苦しいところを」

ドレスの袖《そで》で乱暴に涙をぬぐい、にっこりほほえんでみせます。しかしそれも長くは続きません。手のひらに落ちてきた雪のつぶのように、一瞬で笑顔が解けてしまいます。

「叔母さま方のやさしいお心根に触れて、おねえさまたちを思い出してしまったのです。ヨーロッパの各地にちりぢりになってしまい、二度とお会いすることのできないおねえさまたちのことを……」

姉妹のいる人には姉妹の情に訴えるにかぎる。三人で仲睦《むつ》まじく暮らしている叔母さま方からしてみれば、あたしたち姉妹の境遇はさぞ不憫《ふびん》に見えることでしょう。自分より不幸な人間を前にすると、人はだれでもやさしくしてあげなくてはと思うもの。「いい人だと思われたい」という欲望から自由でいられる人などそうはおりません。

「あらあら、泣かないで」

「おねえさまがびびらせるようなことを言うからよ」

「は？　あんたの顔がこわいからでしょ」

「こわくない、こわくないですよー」

泣き濡れるあたしを叔母さま方はぎこちないお道化で笑わせようとしてくださいまし

た。さながら眠りの森の美女《スリーピング・ビューティー》をとりかこむ三人の年老いた妖精《ようせい》といったところでしょうか。そのお心遣いだけでもじゅうぶんでしたのに、叔母さま方はご自分たちの居室に自由に出入りできる鍵《かぎ》までプレゼントしてくださったのです。まさかそれが、ヴェルサイユ宮殿の奥深くに踏み入るための重要な鍵だったなんて、その時は思ってもみませんでした。

三人の善良な妖精はあたしにたくさんのことを授けてくださいました。宮廷での正しいふるまい方や扇ことば(46)の数々、フランス的精神《エスプリ》、王太子妃のほうから声をかけるべき相手と視線すら合わせてはいけない人間。だれそれにはキスをしてよくて、だれそれには軽くうなずくだけ。

「いいですか、これは差別ではなく区別なのですよ」

なにより大切なのは序列なのだと叔母さま方はくりかえします。それだけがヴェルサイユに秩序と調和をもたらすのだといわんばかりに、礼拝堂や劇場での席次や、式典に入場する順序に命をかけているのです。その必死さ、切実さは一つでもなにかがくるえばこの世のすべてがひっくり返ってしまうのではと思わせるほどです。

「あなたはこの国でもっとも高位の女性《ファーストレディ》なのですからね」

というのも叔母さま方がしきりにくりかえす文句の一つですが、「えー、えへへへへ

(46)「手をなぞる＝あなたが嫌いです」など扇の動きで婉曲にメッセージを伝えること。

へ」とあたしはいつも笑ってごまかすようにしています。というのも、叔母さま方からある種の圧を感じずにはいられないからです。「身分だけでいえばたしかにわたくしたちより上かもしれませんけどね、だからって決して驕《おご》るんじゃありませんことよ。ただしわたくしたち以外の女どもに自分の立場をわからせてやるのはよろしいんじゃなくて？　むしろ積極的におやりになったら？」という圧が。外国に嫁いできたばかりの十四歳の娘に対する要求にしては高度すぎる気がしないでもないですが、残念ながらトワネットちゃんてばこういうの、結構うまくやれちゃうんだよね。

叔母さま方の話を聞いているうちに、あたしは宮廷内の勢力図をだいたい把握できるようになっていました。オーストリアである程度の前知識を入れておいたおかげか、飲みこみの早いあたしを叔母さま方は口々に褒めてくださいました。

「妃殿下はほんとうにお聡《さと》くていらっしゃるのね」

「わたくしたちも教え甲斐《がい》があるというものです」

「その上、砂糖菓子みたいに愛らしくて。神さまにえこひいきされて生まれてきたみたい」

全世界に中継でお届けしたいぐらいです。全世界とまではいわなくとも、せめてオーストリアのお母さまにだけは届けたい。あなたが不肖の娘だと嘆いていたトワネットはフランスでこんなに評価されてますよ！　お母さん、見てるーっ？ v(ﾟ∀ﾟ)v(ﾟ∀ﾟ)

∧(゜∀゜)∧(゜∀゜)∧(゜∀゜)∧

あたしの一日のスケジュールを見ればわかると思うけど、「いったい一日になんべん叔母さま方を訪問すれば気が済むんだよ」ってかんじゃん？　最初はあたしもそう思ってたんです。訪問しすぎバロスｗｗｗって。でもなんか「そういうものですから」ってメルシー伯爵に急《せ》かされるまま通っているうちに、めっちゃ居心地がよくなってきちゃったんだよね。叔母さま方のほうでも、あれを食えこれを食えってとっておきのお菓子を引っぱり出してきてめっちゃ歓迎してくれるし、え、もしかしてここ実家ですか？　こたつとミカン用意してくれます？　みたいな。多少の圧をかけられることもなきにしもあらずですが、叔母さま方の圧など我が母マリア・テレジアの鬼圧に比べたら圧のうちに入らないのでなんてこともないです。

それになんといっても、叔母さま方といっしょにいるときの自担がいいのです。あたしにはいっつも塩対応なのに、叔母さま方の前では笑顔を見せたりするんだもん。午後からの訪問は王太子殿下がいっしょなので、近頃はほとんどそれを目的に出かけていきます。ここまでくると入り待ち出待ち(47)の精神だよね。認知(48)はもらってるのであとはオキニ(49)になってファンサ(50)をもらいたい、あわよくばつながりたい(51)という一心なのです――っ

(47) アイドルや俳優などが劇場やテレビ局などに出入りするところを見るために、施設の出入り口で待機すること。(48) 顔や名前を覚えてもらうこと。(49) 気に入られているファン。

て、あたしの言ってることほぼほぼ意味わかんないって？　うん、だったらスルーして！

幼いころにお兄さまを、次いでご両親を立て続けに亡くされた殿下を、当時やさしく慰めてくださったのが叔母さま方だったそうで、殿下は彼女たちといるときだけはそっけないながらもどこかくつろいだご様子でいます。いまでは王太子という重役を背負っていますが、叔母さま方にとっては「かわいいルイ・オーギュスト」のまま時間が止まっているようで、叔母さま方もそんな彼を過剰にかわいがり甘やかしています。外ではどんだけ突っぱっていても、親戚《しんせき》のおばちゃんにかかったら思春期の男の子なんてひとたまりもないものです。殿下がめったに見せることのない年相応の言動を垣間《かいま》見られるだけで、叔母さま方の居室はあたしにとってはパラダイスなのです。

あなたにはまだ話してなかったけど、王太子殿下のごきょうだいについても触れておかねばならないでしょう。

すぐ下の弟プロヴァンス伯は「うさんくさい」の一言に尽きます。王太子殿下が「ヴェルサイユ宮廷人らしからぬお方」であるならば、彼ほど「ヴェルサイユ宮廷人らしいお方」はいないんじゃないかな。はきはきとして才気煥発《かんぱつ》、どこにいても如才なく立ちまわり、申し分のない貴公子といったかんじで、口さがない人々のあいだでは「王太子よりよっぽど王太子っぽい」ともっぱらの評判だとか。

でもさー、ぶっちゃけそれって単に自己プロデュース能力が高いってだけで、実際はろくな人間じゃないんじゃないかと思うんだよね。マジであの義弟、いつも薄ら笑いを顔にはりつけてるけど目だけ笑ってないもん。代議士の家系に生まれ、若くして父親の地盤を継いで出馬、政界のプリンスともてはやされて歴代最年少の総理大臣を狙《ねら》っているようなタイプといったらおわかりいただけるかしら？　一日百回ぐらいエゴサ(52)して、さらには政敵の悪口をせっせこ匿名《とくめい》掲示板に書き込んだりしてそう。舞踏会のダンスで右手を差し出したら、うっかり両手の握手が返ってきたりして。今度ためしにやってみようかな。

その下の弟アルトワ伯は「チャラい」の一言に尽きます。若かりし日の国王陛下を偲《しの》ばせるほどの美少年だと評判ですが、いかんせんチャラい。「姉上、どうもでぇーっす！」初対面のときからこの調子。あたしもたいがいチャラいほうだと思ってたけど、このあたしが引くぐらいのチャラさなんだから相当だよね。いきすぎたチャラさは美貌を殺すんだなと彼を見て悟ったもん。

(50) ファンサービス。手を振る、うちわに書いてあるリクエストに応えるなど。(51) ①メールやＬＩＮＥで個人的に連絡をとること。②肉体関係を持つこと。(52) エゴサーチ。インターネット上で自分の名前などを検索し、評価を確認すること。

軽佻浮薄《けいちょうふはく》を絵に描いたような男の子で、まだあっちの毛も生えそろっていないだろうにいつでもどこでも若い女性のお尻をおっかけまわし、隙《すき》あらば物陰へ連れ込んで口説こうとしてるし、王太子殿下の目を盗んであたしにまで投げキッスを送ってくる始末。舞踏会でのダンスの順番待ちに鏡を覗《のぞ》き込んでは、赤々と燃えるような頬紅やつけぼくろの位置や髪の巻き具合を入念にチェックし、「あ〜〜〜なんか今日髪キマんねぇ〜〜〜くっそたりぃ〜〜〜」としきりに嘆いてる。チャラ者同士ゆえ残念ながら彼とは通じ合うものがあるんだけど、正直仲よくしているところをあんまり人に見られたくはなくて、ちょ、おま、こっち見んな！　みんながいるとこで話しかけんなっつってんだろ!!　って目で訴えてるんだけど、なんせバカだから察しが悪くて寄ってきちゃうんだよね〜〜〜あ〜〜〜くっそたりぃ〜〜〜。

そして、忘れてならないのがいちばん下の妹君であるエリザベト王女です。あたしのかわいいエリザベト、彼女を一言であらわすなら「+*。:.。+天使+。:.。*+」です。五月にあたしがフランスへやってきたとき、「天使が舞い降りた」とフランス中が沸きあがっていましたが、その称号はエリザベト王女にこそふさわしい。彼女に比べたらあたしなんて地を這《は》うミミズ……はさすがに言い過ぎかな、せめて蝶々《ちょうちょう》ぐらいで……釣り餌《え》にされるのはマジかんべんだし。

エリザベト王女はまだ六歳になったばかりの幼い姫君なんだけど、ご両親を早くに亡くしているからか驚くほどおとなびていて、あたしの何億倍も信心深く、年の離れた義姉のあたしをほんとうの姉のように、ときには母親のように慕ってくれています。あたしも妹ができたようでうれしいのですが、彼女と遊んでいるとつい自分の立場を忘れて夢中で床を転げまわったり庭を駆けずりまわったりしてしまうので、マダム・エチケットに見つかって大目玉を食らうこともしばしばです。彼女とはいっしょに食事をとることも多いのですが、同じベッドで眠ることは許されていません。王太子殿下が同衾《どうきん》しない夜（ってほとんど毎日だけど）ぐらいいいじゃんかと粘ってみたけどだめでした。「なにがしきたりだよ、お高く止まりやがってよぉ……」とふてくされるあたしに、「また明日、すぐにお会いできますから」と宥《なだ》めるように言っておやすみのキスをしてくれたエリザベト、バブみが天すぎて思わずオギャりそうになってしまった(53)よね！　エリザベト、嗚呼《ああ》エリザベト……！

これがあたしの新しい家族です。なかなかの曲者《くせもの》ぞろいですがなんとかやってます。その他の登場人物についてはまた今度。

(53)「相手の方が年下でありながら母性が強すぎて思わず幼児に戻って甘えたくなってしまった」の意。

一七七〇年七月二十日（金）

コンピエーニュにやってきてからというもの、国王陛下と王太子殿下はほとんど毎日狩りに出かけています。朝早くに出かけ、戻ってくるのは日が暮れてからなんてこともあり、ヘタするとヴェルサイユにいるときより殿下といっしょに過ごす時間がないぐらいです。ねえ……これって……もしかしてもしかしなくとも殿下にハメられたっぽい？　いや、ハメてはない（物理）んだけどね？――ってなにを言わせんの！　やめてよ！！！

この数週間、もういくつ寝るとコンピエーニュ♪　コンピエーニュではあれをして♪夫婦なかよく遊びましょ♪　と自分を励まし続けてきたのにこの仕打ちで、もぅマヂやみ死のう……ってぐらいヘコんでますが、転んでもタダじゃ起きないのがマリー・アントワネットです。「こうなったらあたしが狩りに出られるようになるしかない！」とにわかに思いつき、乗馬の練習をしたいと申し出たら、「とんでもない！　そんな危険なことを認めるわけにはまいりません！」とメルシー伯爵がすっ飛んできて猛反対、さんざんごねにごね、両者一歩も譲らず、折衷案としてロバで代用することになりました。くそダサくて泣きそうです。

そういえば、メルシー伯爵の紹介はまだだったっけ？　今後いやってぐらい名前を聞くことになるだろうから、ここらで軽く紹介しておきますね。

彼はベルギー出身の外交官で、現在は駐仏オーストリア大使としてお母さまの目となり耳となり手にも足にもなってフランス宮廷内を泳ぎまわっています。王太子殿下とあたしの結婚を成立させた立役者の一人で、「いいですか、マリー・アントワネット。あなたはメルシーに足を向けては寝られませんよ。フランスではメルシーの言うことをよく聞き、メルシーの言うとおりに行動なさい」とお母さまからは再三言い聞かされています。

四十歳を過ぎて独身、すらりとした長身瘦軀《そうく》のロマンスグレーで、物腰は非常にやわらかで温厚だけど、あたしがなにかやらかしそうなときは容赦なく「ノン！」を示してくる。パリでの生活が長いわりにあまりフランスにかぶれている様子はなく、こちらの紳士たちのように化粧もしなければ華美な宮廷服も好まない。きわめてシンプルで、けれど趣味のいい異国風の衣服に身をつつみ、スマートな身ごなしで鏡の間の混雑をすり抜けていくメルシーを見ていると、氷柱《つらら》の先ですうっと背中を撫《な》でられたような心地がする。メルシーはここにいるだれのことも信用していないんだ、とその姿を見ただけでわかってしまうから。そして、おそらくあたしにもそうすることを望んでいる。

「フランスに嫁いだらフランスのやり方に従いなさい。けれど、いつまでもオーストリア人のままでいるのですよ」

お母さまは何度もあたしに念を押しました。もちろんです、とあたしはその場をやりすごすためだけに反射で答え、そのことについて深く考えたりしなかったのだけど、メルシーが示す「お手本」を前にしてようやく意味がわかった気がします。

この伏魔殿でだれかに心を明け渡すのは危険なことです。フランス人同士でさえおたがいに偽りの仮面をかぶり、腹の探りあいをしているようなこの場所で、外国人のあたしがうまく立ちまわろうとするなら、おそらくメルシーのやり方がいちばん楽でリスクが少ないんだと思う。だけどメルシー、それじゃあまりに寂しすぎない？

親子ほど年が離れているのにこんなことを思うなんておかしいかもしれないけど、あたしにはメルシーが気の毒に思えてなりません。マリア・テレジアへの忠誠心が彼をここまでかたくなにさせているのかと思うと、なんだかなあって……。

「ご心配には及びません。わたくしの心はヴェルサイユにはございませんので」

どれだけ心配したところで、くもりのない笑顔でさらっと言われちゃいそうだけど。

宮廷の一部では彼のことを「風変わりな外国人」と呼ぶむきもあるようです。なにもアルトワ伯のように派手に着飾って厚化粧しろと言ってるわけじゃないんだよ？　少しぐらいフランス風に擬態し、目立たないようにふるまってもいいのにって思うんだ。着飾ったほうが目立たなくなるというのもおかしな話ではあるんだけど……。

夜会の席で仲の良いご婦人方にぽろりとそんなことを漏らしていたら（↑ていうかおまえなんにも反省してないのかよってかんじだよね！　七月十日の日記ひゃっぺん読んでから出直して？）、

「あら、そこがいいんじゃありませんか」

とある公爵夫人が扇を口にあて、うふふふとほほえみました。えっ、とあたしが目をまん丸にしていると、他のご婦人方もどんどんかぶせてくるかぶせてくる。

「わかりますわ。エキゾチックですてきですわよね」

「フランスの殿方にはない色気があってそそられちゃう」

「ああいう禁欲的で情の薄そうな方ほど、ベッドでは激しいって言いますものね」

「一度お誘いしてみたらどうです？」

「そうね。ぜひ試してみたいわ。今度、夫が地方に出かけているときにでも……」

「あら、いやだわ」

「おほほほほ」

ほとんど話についていけなくてぼんやりしているあたしに気づいただれかが、「もうやめましょう、妃殿下がお困りになってるわよ」とくすくす笑い声をあげました。まだ子どもだとバカにされたみたいでむっとなったあたしは、

「みなさんそう仰るけど、メルシーはああ見えて四十歳をすぎてるんだよ。もうジジイ

なんです、ジ・ジ・イ！」

糞《くそ》ビッチどもザマァwwwぐらいの気持ちで言ってやったのに、彼女たちは一瞬きょとんとして目を合わせ、いっせいにどっと笑い出しました。なにが起こったのかわからずあたし一人ぽかんとする中で、「なんてあどけないんでしょう」「妃殿下ったらほんとうにかわいいお方」「どうかこちらの世界には染まらず、いつまでもそのままでいらしてくださいね」とみな口々に言ってはひいひい腹を抱えて大爆笑。口では褒めてるふうだけどあきらかにバカにしてることだけはわかって、扇で顔を隠して引きつり笑いをしていると、

「マリー・アントワネットさま、中は蒸してきましたから、お庭へ涼みにまいりましょう」

すっと横から手が伸びてきて、あたしをその場所から救い出してくれました。

「ランバル公妃」

あたしはほっとして彼女の腕に自分の腕をからませ、恋人同士のようにくっついて会場を抜け出しました。

「わけわかんない。みんな、なにをあんなに笑ってたの？　あたしなんかおかしいこと言った？」

ぷりぷりと怒りをまきちらすあたしに、ランバル公妃は「そうですねえ」とすこし困

ったように首を傾《かし》げ、

「わたくしもマリー・アントワネットさまの年のころには、四十歳をすぎた殿方などおじいちゃんだと思っておりましたわ。その齢《とし》にもなればすっかり枯れ果てて色恋になどまるで興味をしめさず、日毎《ひごと》しゅくしゅくとミサに通い、死を待つだけの日々を送るのだろうと。けれど、ほら、ご覧になって」

ランバル公妃がしめした方向には、ここが世界のすべてだと錯覚してもおかしくないほど広大なヴェルサイユの庭園が広がっていました。暗闇《くらやみ》の中、しめった生き物の気配がして目を凝らしてみると、等間隔にならんだ樹木の陰でうごめくだれかのシルエットが見えた。あちらにもこちらにも無数に！　耳をすませば、「ぼくのうさぎちゃん《モン・ラパン》♡」「かわいいおおかみさん《プティ・ルゥ》、はやくあたしを食べて♡」という囁《ささや》き声まで聞こえてくる。

暗くてよく見えませんが、どうやら男と女がそこかしこでまぐわっているようなのです。

「この中には四十歳をすぎた男性もたくさんいらっしゃると思いますよ。ヴェルサイユでは女性は三十歳をすぎれば老体とみなされてしまいますが、殿方の四十歳はまだまだ男盛りのようでございます」

思わずあたし、はあああああとため息ついちゃった。彼らの行為に呆《あき》れたわけでも、己の無知を恥じたわけでもありません（ヴェルサイユの奔放な性の饗宴《きょうえん》に興奮したってわけでもないからね！）。大人の世界と子どもの世界にさっとぶ厚いカーテンを引くのではなく、あちらの景色を薄絹から透かして見せてくれたランバル公妃のやさしさに胸を打たれたのです。大人と子どものあわいに所在なげにたゆたっている、ランバル公妃だからこそできる心遣いなのでしょう。

彼女はいつだってそう。つねに一歩引き、決してしゃしゃることなくごくごく控えめで、快活なご婦人方の中にいると目立たず地味な存在なのだけど、あたしが困っているときにはさりげなく救いの手を差しのべてくれる。エリザベト王女が天使なら、ランバル公妃はさながら女神といったところです。

あたしより六歳年上で、現在女盛りの二十歳。十七歳のときにランバル公に嫁いだものの わずか一年で死別し、今年からフランス宮廷に出仕するようになったのだとか。最初のうちこそ華やかで弁の立つご婦人方に気をそそられていたあたしも、ここにきてようやくたおやかなランバル公妃の魅力に気づきました。「おねえさまたちのことを思い出すようです」とは叔母さま方を籠絡《ろうらく》するため用いた方便でしたが、ランバル公妃にかぎっていえば、ガチにおねえさまのように感じられて、いっしょにいるだけで心が安らぎます。メルシーには悪いけど、彼女のことだけは無条件で信用しちゃってるもんね。

「そっか、メルシーはまだまだ男盛りってことなんだ。なんでみんながあんなに笑ってたかこれで合点がいったわ。やだな、若いって恥ずかしい。まだまだ知らないことが世の中にはいっぱいあるんだね」

「人はだれでもゼロの状態で生まれてくるんですもの。お若いマリー・アントワネットさまが世界の全貌をつかめないでいらっしゃるのは無理もないことですわ。わたくしだってまだまだ知らないことばかりでございます」

「にしたってさー、四十をすぎてまであんなことしてるなんて……どんだけ好きものなんだよって思っちゃう」

「それでいったら国王陛下は齢《よわい》六十にしていまだ男性として現役でいらっしゃいますし、これぱかりは個人差があるというか、一概に年齢で測れるようなものではないのかもしれませんね。王太子殿下のようにお若くして博識な方もいらっしゃいますし、若いから無知という道理も通用しないのかもしれません」

その一言でたちまちヤなことを思い出しちゃって、あたしはさっさと夜の散歩を切りあげて自室に戻ることにしました。ランバル公妃は「若いから無知うんぬん」のくだりであたしが気を悪くしたのかと心配してたようだけど、そんなことはクッソどうでもいいっていうかはなから聞き流していました（ランバル公妃が素晴らしい淑女であることは疑いようもないけど、些細《ささい》なことをうじうじ気に病むとこがちょっとな、これさえなければな、とたまに思ってしまいます）。

その夜も陛下は夜会を早めに切りあげて、あの糞ビッチ《クレアチュール》の居室《アパルトマン》でお楽しみのようでした。

「同じ屋根の下であんなふしだらなことが行われているなんて」

「考えるだけでどうにかなってしまいそう」

「いっそ宮殿に火をつけてやりたいぐらいだわ」

叔母さま方は夜ごとの陛下のお愉《たの》しみについてそのように仰いますが、正直あたしにはふしだらということがいまいちよくわかりません。木陰で交わっていた男女もそうだけど、目《ま》の当たりにしたところであたしにはどうしてもそれが、遠いあちら側の世界で行われていることに思えてならないのです。自分に経験がないせいか、それとも性的なことは秘すべきという家庭環境で育ったせいか、どうにも観念的でリアリティが感じられないのです。

あたしが嫌悪《けんお》感《かん》をおぼえるのはそのこと自体ではなく（とくに木陰でのあれは、あまりにあけっぴろげで笑っちゃうぐらいでした）、女たちのくすくす笑いや艶《つや》のある目くばせ、まろみを帯びた腰つき、ことさらに醸《かも》しだされる淫靡《いんび》なムード――つまりそう、男たちをからめとろうとする牝のやりくちです。あたしの「お道化」なんて、その前では無力にもひとしい。いったいみんないつどのタイミングであれを身につけるんだろう。ちゃんと確かめたことはないけれど叔母さま方はおそらく経験がないのでいっしょにいて安心できるのだろうし、ランバル公妃は結婚が短期間で終わっているのでまだそれが身についておらず、清らかなかんじがするのでしょう。

「こちらの世界には染まらずに」とあたしを笑っていたご婦人方、どうかご安心くださいませ。どれだけ頼まれてもそちらには行きたいとも思いませんし、そちら側にいるからってだけでだれかを嘲笑《ちょうしょう》し、あまつさえ優越感を抱くような愚を犯すぐらいなら死んだほうがましでございます。ごめんあそばせ。

そうして、目下あたしの胸をざわつかせている最たる存在が、毎晩のように陛下の夜のお相手をつとめているあの女なのです。まばたき一つで男をかしずかせる官能の権化《ごんげ》。

これまであなたにお伝えするのをためらってきましたが、宮廷での暮らしを子細にお伝えするにはもはや避けて通れなくなってきたようです。この話をするとなるとちょっと長くなるのでまた日を改めることにします。

一七七〇年七月三十日（月）

ボンジュー。

今日もぽくぽくロバに揺られてきたよ。ロバの背中は危うく眠りこけてしまいそうなほど長閑《のどか》なもんだから、もうちょっとで落馬ならぬ落ロバするところだったよ。そんなことになったらいよいよメルシーが強硬に乗馬の訓練をやめさせようとするだろうから、ここで気を抜いちゃあいけません。なんとかうまいこと丸めこんでロバからポニーに昇格させねば。トワネットの運命やいかに?! 次号を待て! だょ。

さいわいなことに国王陛下は女性が乗馬する姿がお好きなようなので、いざとなったら陛下を味方につけてメルシーの反対を押し切ってやるつもり♪ 今日もデュ・バリー夫人が紳士風の狩猟着姿で馬にまたがり陛下の狩りに随行してたしね。ロバの上で指くわえて見送るまぬけな王太子妃の姿に気づいた彼女が、「赤毛のおチビさん、アデュー」と勝ち誇ったようにほほえんだ気がしたのは被害妄想かな?!

はあああああああああああああ。

あの糞ビッチの話をあなたにするのはほんとおおおおおに忍びないんだけど、目下ヴェルサイユでは避けては通れない重要人物でもあるので覚悟を決めました。えっ、ちがうちがう、「糞ビッチ」っていうのは叔母さま方がそう呼んでたからあたしも真似しただけで、あたしだって積極的に使いたくて使ってるわけじゃないってば。でもこれ以上あの女を呼ぶのにふさわしい言葉もない気がします。

デュ・バリー夫人は現在、国王陛下の寵愛《ちょうあい》を一身に受けている公妾《こうしょう》で、去年宮廷入りしたばかりのルーキーのわりにかなりブイブイいわせてるご様子。ありったけの宝石《ブリンブリン》(54)を身につけ、金にモノをいわせてパリでいちばんのクチュリエを独占し、流行のイギリスレースをふんだんに使った最新モードのドレスを身にまとい、肩で風切る勢いで宮殿を闊歩《かっぽ》しています。

つい先日も、すれちがうときに道を譲ったとか譲らなかったとかで、とある公爵《こうしゃく》夫人があたしのもとに泣きついてきました。歩くテーブルかよってぐらいパニエでまるく広がったドレスですれちがうのはそりゃ大変だよね、とあたしがげらげら笑っておちょくると、「笑いごとじゃございません！」とこめかみに青筋立てて公爵夫人が叫びました。「もうがまんがなりませんわ。これじゃわたくしどものメンツが立ちません。いまになってようやくわかります。前寵姫《ちょうき》のポンパドゥール夫人はずいぶんと身の程をわきまえていたんだなって」

ハイ出ましたメンツ！　メンツにこだわる人たちのメンタリティがあたしにはよくわかんないんだけど、それって道を譲ったぐらいでつぶれるようなものなんですかね？　むしろ親切な人ねって感謝されるもんなんじゃなくて？

しかし公爵夫人の口ぶりだと、ポンパドゥール夫人が存命のころはさぞかしポンパドゥール夫人に手ひどく当たっていたんだろうなって容易に想像がつきます。早晩あたしも目の上のたんこぶ扱いされるんだろうなあと思ったら相手をするのもバカバカしくなってきちゃった。

前寵姫のポンパドゥール夫人は美貌だけでなく政治的手腕とゆたかな教養で、国王陛

（54）キラキラしているものの擬態語。

下ひいてはフランスにとってなくてはならない地位までのぼりつめましたが、対するデュ・バリー夫人といえば男好きのするむせかえるような美貌と色気、豊満な肉体、ミルクの海に薔薇《ばら》のしずくを落としたようなしっとりとした肌、舌足らずな甘えたしゃべりかた、ありとあらゆる性技を駆使して、夜な夜な陛下のベッドを支配しています。国王の寵姫になるため手段を厭《いと》わず、両手の指じゃ足りないぐらいの人数におしげもなく体を開いたっていうんだから！

——なんてまるで見てきたかのように語ってるけど、もちろんぜんぶ叔母さま方からの受け売りです。そもそも「公妾」ってなに？　ってかんじだよね。最初に聞いたとき、あたしも思った。そんなものがまかりとおってるフランス大丈夫⁈　って。どんだけ性にオープンなんだよ。そりゃあ他人の初夜を見物しにもくるわけだわ（↑根に持ってマース／（＾o＾）＼）。

デュ・バリー夫人とはじめて会ったのは結婚式の前夜、ラ・ミュエットでの晩餐会《ばんさんかい》でした（彼女がその場に居合わせることについても内部でひともんちゃくあったようですがここでは割愛）。目がつぶれるほどたくさんのダイヤモンドでひときわ派手に着飾ったプラチナブロンドの女性が末席に座っているのを見つけ、思わずあたしはノワイユ伯爵夫人にたずねました。

「あのご婦人はどなた？　はじめて見るお顔だけど」

「あの方は……」ノワイユ伯爵夫人はいったん言葉に詰まり、周囲にさっと視線を走らせてから、「国王陛下を喜ばせるためにいらっしゃる方でございます」しぼりだすようにそれだけ口にしました。

「あら、それじゃあたしのライバルってことね」

無邪気さを装《よそお》ってあたしが答えると、近くに座っていた叔母さま方が一瞬、虚を突かれたような顔になり、それからいっせいに笑い出しました。

「あらやだ、妃殿下ったら」

「面白いことをおっしゃるのね」

そんなに面白いことを言ったつもりはなかったのに思いのほかウケて、あたしはすっかり得意になり、フランスちょろいなw笑いのレベル低すぎwwwとまで思っていました。デュ・バリー夫人がどんな立場の女でどんな手管を使って国王陛下をたらしこんでいるかも知らずに、まったく我ながらおめでたいとしか言いようがありません。このときのことは、思い出すだけで消え入りたいほど恥ずかしくなる。できることならあの場にいた全員の記憶を抹消したい。そのためなら悪魔に魂を売ってもかまわないと思うほどです（やっぱり穴で暮らすしかないのかな……？）。

フランス製のコルセット――それも王族の女性が日常的に着用することを義務付けられている「グラン・コール」の窮屈さといったらたまんないけど、こちらに来てからというもの精神的にもコルセットをつけられたようなかんじがしています。声をあげて笑っちゃだめ、宮廷を走りまわっちゃだめ、あれもだめこれもだめ王太子妃だからだめ、なにをするにもマダム・エチケットの「ノン！」が飛んできて息がつまりそう。「ご自分のお立場を忘れずに、王太子妃らしいふるまいを心がけてください」ってみんな口を揃《そろ》えていうけれど、それじゃああたしはいつ十四歳の女の子に戻れるの？

　フランスの――というよりフランス宮廷の人たちは、殿方もご婦人方もみな意地悪で冷笑的で、つねにメシウマ[55]待機しているような状態なので、ちょっとした所作をまちがえたりヘタなことを言ったりやったりするとすぐ笑われてしまう。そう思うと、オーストリアにいたときのようにのびのびとはしていられません。人から叱《しか》られることはしょっちゅうだったのでノワイユ伯爵夫人のお叱言《こごと》にはさほど恐怖を感じないけど、人から笑われること、これだけはマジかんべんです。笑われてることにも気づかずに笑わせてると思い込んで喜んでいるだなんて裸の王様……もとい裸の王太子妃かよってかんじじゃんね。これ以上そんな恥はさらしたくないものです。とにかくあたしは他人からみじめで無様だと思われること、それがなにより耐えがたいのです。

　晩餐会の席でデュ・バリー夫人はやたらとこちらへ視線を寄越してきました。すでにフランス中から視線を向けられていたあたしはさして気にも留めてなかったんだけど、そこに好奇心や値踏みとはちがうなにかべつの波長を感じ取ってふと顔をあげると、さっと向こうから視線をそらされる。そんなことが食事のあいだに何度かあって、妙に引っかかってはいたんでした。あのまどろんだような妖艶《ようえん》な目つきで見られると、女のあたしでも落ち着かない気持ちにさせられるのです。

「そんなの、わかりきったことじゃないですか。妃殿下に声をかけてもらいたくて気を持たせるようなことをしているんですよ」

「いかにもあの女がやりそうなことだこと」

「いやあねえ、お里が知れるわ」

「ぶしつけにもほどがありますわ」

「不敬罪で訴えられたらいいのに」

「そんなことができたらとっくに処刑台送りになってるわよ」

「それももうひゃっぺんくらいね」

「ちがいないわ」

晩餐会が終わってからそのことを打ち明けると、叔母さま方はいっせいにデュ・バリー夫人を罵《のの》りはじめました。一羽の鳴き声を合図にいっせいに鳴き出すやかましい鳥の群れのようだと思ったけど、もちろんそんなことは言えるはずもありません。

それよりも、先ほどまでやさしく接してくださっていた叔母さま方が人が変わったよ

（55）「他人の不幸で今日も飯が美味《うま》い」の略。

うにデュ・バリー夫人の悪口を飛ばしはじめた、その豹変《ひょうへん》っぷりのほうにあたしは驚いていました。目の裏がびりびり痺《しび》れたようになり、不穏に胸がどきどきいって、これ以上こんな話を聞いていたくないと思う一方で、どういうわけだか、もっと、もっと聞きたいとも思えてくるのです。あの日から二ヶ月以上が経《た》ちますが、それはいまも変わりません。およそ退屈に終始する叔母さま方の会話の中で、だれかの悪口や噂話《うわさ》をするときだけとくべつ刺激的で、目が覚めたような心地になるのです。

「あの方はいったいどういうお役目につかれているのですか？」

あたしはもう一度、ノワイユ伯爵夫人にしたのと同じ質問をしてみました。

「もしかしてあの糞ビッチ《クレアチュール》——あらやだ、言葉がすぎましたわ——公妾についてなにもお聞きになっていらっしゃらないの？」

アデライードさまが訝《いぶか》しげに眉《まゆ》をひそめました。「公妾」なんて言葉はまったくの初耳でしたし、それよりなにより「糞ビッチ」という響きにぎょっとしていると、

「妃殿下のお母さまはたいそう信心深く道徳を重んじ、非常に高い倫理観をお持ちのようですから、下賤《げせん》の女の名を妃殿下にお伝えすることをためらったのでしょう。お気持ちお察しいたしますわ。わたくしどもだってできればこんなことをあなたに教えたくはないのですが、嘆かわしいことにこの宮廷では避けては通れないものですからね」

アデライードさまの話によると、フランスには三百年前から公式愛妾制度というもの

があり、国王の愛人に王妃と同等の権限を与えているのだそうです。国王の夜のお相手をはじめとし、宮廷でのさまざまな儀式やサロンを取り仕切る影の女主人のような役割だといいます。そうして現在その立場にあるのがデュ・バリー夫人というわけです。

「いやだわ、あたしったら。知らなかったとはいえ、あんなことを口走ってしまって恥ずかしい」

晩餐会でのやりとりを思い出し、あたしは噴きあがる羞恥《しゅうち》を堪えるために唇を嚙《か》みました。「お道化がすぎるにもほどがあります！」ウィーンの方角からお母さまの叱責《しっせき》が聞こえてきそうです。

「妃殿下が恥ずかしがることなどありませんよ。もとはといえば、あの女がのうのうと宮廷に存在しているのが悪いのですから」

そう言ってヴィクトワールさまがふくよかな手であたしの肩を叩《たた》き、

「それにある意味では、妃殿下のおっしゃることは正しいとも言えますしね」

その隣でソフィーさまが背中を丸めてもぞもぞとお笑いになりました。

「そうですよ、いつまでもあの女をのさばらせておくことはありません。どちらがヴェルサイユの女主人にふさわしいか、妃殿下の力で思い知らせてやるべきです」

アデライードさまがあたしの腕をぐっとつかみ、「痛っ」とちいさく声をあげたのに、気が高ぶっているのか手を離してくれようとはしません。

「おぞましい……あんな出自の女が我が物顔で宮廷を歩いているなんて……」

「出自、といいますと？　デュ・バリー夫人は平民の出なのですか？」

「ただの平民なら前例もあるし、まだよかったんですけどね」

あたしの質問に、ヴィクトワールさまが鼻を鳴らして笑い、

「あの女は、娼婦《しょうふ》の出なのですよ」

ソフィーさまが耳元でそっと囁《ささや》きました。

「娼婦……」

あたしは続く言葉を失ってしまいました。というのもどうしてそれがそんなに「おぞましい」のか、よくわからなかったから。

いやいやいや、ちがうちがうちがうってば。さすがのあたしだって娼婦ぐらい知ってるし！　お金で殿方に体を売る女性のことをいうんでしょ？　言葉の意味ならちゃんと知ってるっつーの。

だけどそれがどうしていけないのかってことになると、正直よくわからない。だってあたし、娼婦というものをこの目で見たこともなければ直接お話ししたこともないんだよ？　彼女たちがなにを考え、どんなふうに暮らしているのかも知らないのに、ただその職についているからってだけでいいも悪いも判断できなくない？　宮廷では使用人の労働に対してお給金を支払うけど、庭師やパン職人や洗濯婦の労働ならよくて、娼婦の

それがだめっていうのはいったいどういう道理なわけ？　人類最古の職業ともいわれているぐらいだし、必要だから存在してるわけでしょ？　七つの大罪の一つ「色欲」が罪になるというのなら、罰せられるべきなのは娼婦の側ではなく娼婦を買う男性側なんじゃ……？

でも、こんだけ叔母さま方がぎゃーぎゃーヒステリックに騒がれているのだから、やっぱりいけないことなのかな？？？　という気がなんとなくしてこないでもないかもしれません。もし自分が同じことをできるかって言われたら、「無理無理無理無理無理！」って超絶拒否るだろうし（それで言ったら庭師やパン職人や洗濯婦もおんなしぐらい無理だけど）。そういえばオーストリアのお母さまも国の政策として娼婦を厳しく取り締まっていたっけ。こんだけみんながダメって言ってるんだから、やっぱりいけないことなんだろうね？！？

「ねえ、ぞっとするでしょう？」

「かわいそうに、あんまりのことに妃殿下が言葉を失っているわ」

「しっかりなさって。これ以上あの女の好きにさせないためにもあなたの力が必要なんですから」

「えっ、ちょっ、あたし？　えっ、なんであたしが？」

「なにを仰《おっしゃ》っているのです。あなたが言いはじめたことではないですか」

「そうですよ。わたくしもはっきり聞きましたよ。デュ・バリー夫人に対抗すると晩餐会の席で妃殿下が仰ったこと」

「えっ、ちょ、まっ、それ意味ちが……」

「大丈夫。あなたはわたくしたちの言うとおりにしていればいいのです」

「いまさら引き返すわけにはまいりません。いいですか、あなたがあの女に思い知らせてやるのです」

「そうですよ、あなたは未来のフランス王妃《レーヌ・ド・フランス》。現状、この国の最高位にある女性《ファーストレディ》なのです。しっかりと自覚しなければなりませんよ」

「えっ、あっ、はいっ」

そんなわけで、気づいたらあたしは宮廷における対デュ・バリー勢力の頭《ヘッド》に祭り上げられていたのです。流されやすく強固な意志を持たない綿菓子女で、調子に乗りやすいお道化者の悪いところがここにきて前面に押し出されてしまった格好です。

その夜、叔母さま方の部屋を辞してから自室でナイトガウンに着替えているときに、二の腕に三日月型の爪痕《つめあと》がくっきり四つ並んでいるのを見つけ、完全にロックオンされてる！　と青ざめてしまいました。

内親王である叔母さま方は王太子妃に次いで高い身分の女性ではあるのだけど、公妾ほどの権限は与えられておらず、宮廷では軽んじられがちです。なにより「序列」を重んじる叔母さま方にとってそれがどれだけの辛酸であるかは想像に難くありません。そう、つまりこれは「メンツ」の問題ってこと。そこへ、うまいこと操ればあの女にひと泡吹かせられそうな王太子妃の出番というわけです。そりゃあだれだってロックオンするわな。あたしが叔母さま方の立場でもそうするわ。

それにしても、輿入《こしい》れ前にあれほどみっちりフランス宮廷における貴族の力関係や家系図を叩き込まれたというのに、お母さまもヴェルモン神父もどうして公式愛妾制度についてはひと言も口にしなかったんだろうね？　ほんのちょっとのヒントでも与えておいてくれたら、あんな恥をかくこともなかったかもしれないと思うとハンカチ噛みしめてキーッてやりたくなっちゃう。……まあ、その気持ちもわからなくもないんだけど。実際あたしも今日まであなたにお知らせするのをためらっていたわけだし。

だってほら、うちのお母さまって、こと性的な分野に関しては極度の潔癖じゃん？　そのくせほら、うちのお父さまって、あんまりその、夫としてお行儀のよろしいほうとはいえなかったでしょ？　あたしはまだ生まれてもいなかったのでおねえさまたちから聞いた話だけど、一時は放蕩《ほうとう》のかぎりをつくしてたって話です（といってもさすがにルイ十五世ほどではないと思う……思いたい）。お母さまはお母さまで政務に追われる毎日を過ごしていたから、お父さまにかまってやれないことを負い目に感じて、度重なる夫の浮気に怒りをおぼえながらも目をつぶっていたようなところがあるみたいです。

しかし、その鬱憤《うっぷん》を直接お父さまにぶつけずに「風紀委員会」なんてものを爆誕させ、道に外れた男女の恋愛を禁じ、若い女性のスカート丈や化粧にまで口を出し、町から娼婦を一掃しようと躍起になっちゃうんだからお母さまったらほんとにお母さまです！　お父さまに対するけん制のつもりなのかなんなのか、国民からしてみたらたまったもんじゃないよね。国民を巻き込んでの夫婦ゲンカやめてもらえます？　ってかんじだよね。

極端に潔癖なくせに、臭いものには蓋《ふた》をしろとばかりに都合の悪いことは見なかったことにする。夫の浮気に泣かされながら、「結婚こそが女のしあわせ」だと言い張って譲らず、がっちがちに凝り固まった規範を娘たちに押しつける。矛盾がペチコート着て歩いているようなお母さまですが、さすがに公式愛妾制度について娘に説明できるほどのタフさはなかったようです。

そんな環境で育ったせいか、「婚外恋愛ダメ、ゼッタイ！」とついあたしも脊髄《せきずい》反射的に拒否反応をしめしそうになるけど、よくよく考えてみたら娼婦と同じくみんながだめって言ってるからだめって思ってるだけのような気もしてきました。もちろん、不倫がカトリックの教えに反するってことぐらいちゃんとわかってるよ？　わかってるけど、それで言ったらフランスはカトリックの国なのに公式愛妾制度というものがまかり通ってるわけじゃん？　フランスの上流社会では結婚はあくまで形式的なもので、夫婦それぞれ愛人を持つのがあたりまえの風潮になっています。だったらなんで結婚するんだよってかんじだけど、ぶっちゃけみんな男も女も年頃になったら結婚するものだって決まってるから惰性でしてるだけなんじゃ……あとは、ほら、家督的ないろいろがあったりするんじゃん？　おイエのため的な？

みんな「形式」にふりまわされて、「形式」の奴隷《どれい》になっている。そのくせ「形式」から外れた婚外恋愛を推奨してるっていうんだからねじれまくってる。なんだかさかさまの国にまぎれこんだみたい。

それに「婚外恋愛ダメ、ゼッタイ！」ってあんまり強硬な姿勢でいると、頭からお父さまを否定することになっちゃうじゃん。いくら女性関係にだらしなかったとはいえ、あたしにとってはやさしくご立派なお父さまだったし、お父さまはお父さまなりにお母さまを愛していたということもわかってるからどうしたって否定する気にはなれません。それにルイ十五世のように権力を笠《かさ》に着て、虚栄心を満たすためだけに女遊びに興じているというより、お父さまの場合は天真爛漫《てんしんらんまん》に素直な心で女性を求めていたようなところがあるのでまだましっていうか……さすがにこれは身びいきがすぎるかな？

かばうわけじゃないですが、生前のお父さまはいまのあたしとほとんど同じお立場。生まれ育った土地を離れ、見知らぬ異国の地へ婿《むこ》入りしたも同然です。親しい友人もおらず妻にもかまってもらえず、心細い毎日を送っていたところへだれかからやさしい声をかけられたら、コロッといっちゃうのも無理はないかもしれないなあなんて……いやいやいやいやしないって！　あたしはしないけどね？！？！？

　そういえば叔母さま方もデュ・バリー夫人のことは口汚く罵るくせに、陛下のことは「お父さまもしょうがないお人ね」と半分あきれながら、もう半分では大目に見ているようなところがあります。あたしからしてみれば、悪いのはデュ・バリー夫人ではなく陛下のほうじゃね？　ないわー、陛下マジないわーってかんじなんだけど、おしなべて女性はみな父親に甘いものなのでしょうか。

　一説によると、公式愛妾制度にはガス抜きの役目もあるのだそうです。国民の不満を寵姫にぶつけることによって、国王や王室の権威を損なわないようにしてるんだって。国の財政が傾いているのは寵姫がぜいたくをするせいで国王にはなんの落ち度もない、といった言説が国民のあいだではまかり通っているんだとか……。

　は？　正気で言ってんの？　いくらなんでも国民をバカにしすぎじゃね？　ってそれを聞いて思ったんだけど、宮廷でいつも偉そうにふんぞりかえっているおじさんがドヤ顔で語っていたので、「えー、すっごーい、さっすがー」とキャバ嬢のお愛想をふりまきながら聞き流しておきました。

　太陽王の威光など今は昔、フランスはすでにバブルのはじけた後です。七年戦争の敗北により国王の人気は下落の一途をたどり、もはや底をついてしまっていることぐらい世間知らずな外国人のあたしでも知っています。なんとなくうすうす感じてはいたけど、この国ヤバくね？　という思いがここにきてよりいっそう強まってきました。だからといって政治のことなどなんにもわからないあたしにはどうすることもできないので、目の前の些末な出来事に集中して日々をやりすごすよりほかはありません。

そう、いってみれば、あたしをはじめとするヴェルサイユの単調な日々に倦《う》んだご婦人方の鬱憤を一手に引き受けているのがデュ・バリー夫人なわけです。

現在ヴェルサイユでは二つの大きな派閥が権勢をふるっています。一つがリシュリュー公爵とその甥《おい》のデギュイヨン公爵を筆頭にしたデュ・バリー党で、もう一方がポンパドゥール夫人の腹心だったショワズール公爵を筆頭とするショワズール派です。

いよいよ生臭い話になってきたでしょ？　ほんとだったら「派閥」なんて聞いた時点で、「あ、そんじゃ、お先でーす」とヴェルサイユ式すり足で後ずさりしたいとこなんだけど、このショワズール公爵というのが、王太子殿下とあたしの結婚をかなりの強火で推し進めてくれた立役者だっていうじゃありませんか！　そうなってくるとおのずとショワズール公爵の肩を持ちたくなるのが人情というもの。叔母さま方もショワズール公爵のことはそんなによく思っていないようだけれど（はたして叔母さま方が好ましく思っている人物などこの世にいるのでしょうか？）、デュ・バリー夫人憎さのあまりショワズール派の肩を持っているようだし、メルシーにいたってはあたしがフランスにやってくる前からショワズール公爵とズブズブ《ZBZB》の関係だっていうんだから、コンベアに載せられたみたいに自動的にあたしもショワズール派に与《くみ》することになりました。

「決して宮中の争いごとには巻き込まれないように、陰口を叩く人の輪からは距離を取り、中立の立場を守り抜くのです。それがなにより安全への近道なのですよ」

とお母さまからはくりかえし言いつけられているけれど、どの派閥にも属さず、そこかしこで囁かれている陰口や噂話から逃れ、取るに足らない世間話だけして暮らすには
ヴェルサイユはあまりに退屈すぎるのです。宮廷内の劇場でかかる演目には「検閲」があるのか、それとも単にブッキングが悪いのか凡作ばかりだし、図書室に置いてある埃《ほこり》臭くて黴《かび》臭い蔵書の中に興味をそそるようなものなんて一冊もない。こないだなんてあまりになんにもやることがなくてベッドカバーの房飾りを一本一本指で縒《よ》ってたからね！　つめたい大理石の上に体を投げ出して温まるまでに何分かかるか計ったり、窓から庭の樹木を数えたり……ねえ、こんなの死んでるのと同じじゃない？

かつてのようなときめきをヴェルサイユという響きに感じることはもうありません。だけど、退屈に殉ずるにはあまりにも早い。早すぎる。だってあたし、まだ十四歳なんだよ？　吐き出す場所がわからなくて、あたしの中ではちきれそうに暴れまわっているものがある。びりびりやどきどきを求めることをだれが止められるっていうの？　もしそんな人がいるなら、退屈がペチコートを着て歩いているようなオールドミスにちがいないわ。

「あの糞ビッチの新しいドレスをご覧になりまして？　あんな下品な色のドレス、宮廷では見たことがありませんよ」

「お父さまったら、またあの毒婦に新しいジュエリーを買い与えたっていうじゃありませんか！」

「このあいだなんて、廷臣が大勢見守る前でお父さまを〝世界一の嘘《うそ》つき〟呼ばわりしたっていうんですよ。どこまで図に乗れば気が済むんでしょう」

　叔母さま方は国王陛下の目を盗んで、毎日のようにあの女の悪口をまくしたてます。普段はまるで日曜日の残りのクグロフみたいに埃をかぶってかたくなっている叔母さま方ですが、あの女のことを話している時だけ目がらんらんと輝き、頬には赤みがさし、十も二十も若返ったようになります。

「あたし、べつに偏見があるってわけじゃないんですけど、やはりデュ・バリー夫人は平民の出なのだと最近ようやくわかってきましたわ」

　このごろではあたしも率先して、悪口大会に参戦するようにしています。そうすると、叔母さま方の顔がさらにぱっと輝きを増すのです。相乗効果であたしのお道化も大はりきり、次から次へと悪意の弾丸が放たれます。

「マナーもなっちゃいないけど、なにより酷《ひど》いのがあの訛《なま》りですわ。あたしもフランス語はまだまだですけど、あんなみっともないフランス語よりはいくらかましだと思います。あんまりおかしくてこないだくすくす笑っていたら、彼女のほうでも自覚はあるのか、ものすごい目つきで睨《にら》まれてしまいました。姿勢も身ごなしも上流階級のそれとはあきらかにちがいますし、ドレスを着慣れていないのがまるわかりでせっかくの最新モードも台なしです。いつもじゃらじゃらと宝石を身につけていらっしゃるけど、ジュエリーは一つか二つ、さりげなく身につけるからこそ引き立つのに、成金趣味まるだしでみっともないったら。彼女のせいでヴェルサイユの床が抜けるなんてことにならなきゃいいですけど」

ああ、これよこれ。生きてるってかんじがする。ざらついた恍惚《こうこつ》が指先までゆきわたっていくのをあたしは感じています。

「これ以上あの女をのさばらせておいてなるものですか」

「なんとかしてあの女に自分の立場を思い知らせてやらなくては」

目を剝《む》く勢いで叔母さま方がいきり立ち、体温が二度も三度もあがったように体が汗ばんでいきます。気分はほとんどだんじりです。どんどこどんどこ、あたしの中で暴れ太鼓が乱れ打っています。

「では、こんなのはどうでしょう」

とっておきの遊びを思いついた子どものようにあたしは提案しました。

「フランスの宮廷では、自分より身分の高い相手に声をかけてはならないってしきたりがございますでしょ？　王太子妃のほうから積極的にご婦人方に声をかけるのが務めだと日ごろから言いつけられております。それを逆手に取れば、あたしが望まない相手には声をかけなくても済むってことになるのでは？　大勢の前で公然と無視されたら、いったいデュ・バリー夫人はどんな顔をするでしょうね……」

とにかくあたしは、退屈なんかしたくない、というその一心だったのです。

一七七〇年八月二十三日（木）

あ――――マジやってらんね――――――――！
やめやめもうぜーんぶやめ！
この日記も　糸冬　了　です。
長らくのおつきあいありがとうございました。
それではごきげんよう。もう二度と会うことはないでしょう。

一七七一年一月一日（火）

ボナネー！

昨年はお世話になりました。今年もどうぞよろしくお願いします。

はいっ、というわけではじまりました一七七一年なんですけども、がんばっていかなあかんなっていうことで、今年の抱負とか発表しちゃう？　しちゃう？　実はもうあたしの今年のテーマは決まってるのです。ずばり「栄枯盛衰《EKSS》」です！　テッテレ～♪　書き初めちゃう？　またしても粗相して筆からインクたらしちゃう？

――え？　なにしれっと日記再開しようとしてんだって？　あはは、バレた～？　新年明けたばかりのどさくさではじめたら気づかれないかなーと思ったんだけどだめだったか。ちなみに日付は元日になってるけど、これを書いている今日はすでに十四日です⊂二二二（＾ω＾）二⊃ブーン

改めて前回の日付を見てびっくりしちゃった。ずいぶんごぶさたしてたね。この空白の四ヶ月のあいだになにがあったか……ってわざわざ説明するのまじメンディーなんでかんべんしていただけたら幸いです♡　年も明けたことだしここは心機一転、仕切りなおしってことで……ってそんなわけにいかないですよねー、わかってますよ言ってみた

だけですBooooooooo!

もうなにもかもがいやだ、すべて放り出してしまいたい、なんてあなたは思ったことがありますか？

あたしはある。めっちゃある。年がら年中そんなかんじだし、なんならいまもその気配濃厚。できることならこの日記も放り出してしまいたい。っても、ヴェルサイユはあいかわらず退屈でなんにもすることがなく、季節はすっかり冬で運河は凍り、木々は枯れ、庭を歩く人影は皆無。室内にいてもすきま風が吹いて凍える寒さなので、頭から毛皮をかぶってこの日記を書いている状態です。こんなことならいっそなんにもしないのだと割り切ってごろごろベッドで一日を過ごしてもよさそうなんだけど、なんでかそれはそれでいや。怠惰でめんどくさがりなくせに、とにかくあたしはじっとしていることができないのです。ほんとは日記なんて書きたくないけど、なんにもせずにぼうっとしているよりはなんぼかましだと思ってしまうのです。

もうなにもかもがいやだ！　とどんなに思ったところで、実際すべて放り出すことなんてなかなか難しいよね。あなただってそうじゃない？　人生やめたいぐらいしんどいことがあったとしてもなにかしらあるでしょう？　まだ栓も開けていないワインだとか、来週届く予定の新しいドレスのできばえだとか、読みかけの本の続きだとか、かけらほどには残っているだれかへの愛情や執着だとか。ゼロか百かを迫られると逃げ出したくなるけど、ゼロか一か百かを迫られたら熟考の末に一を選ぶ。あたしはそういう人間です。

――で、なんの話だっけ？　あ、そうか、四ヶ月も日記を放り出してた言い訳をしようとしてたんだ。あのときはかなり唐突でびっくりさせてしまったかもしれないけど、なにもいきなりああなったわけではなくちゃんと段階を経てああなったんです。それだけは言っておきたい。

いちばん最初にあたしが放棄したのは日記ではなくコルセットでした。再三にわたってお伝えしてきたとおり、フランス製のコルセットはほんとに窮屈で、夏の暑さとヴェルサイユの瘴気《しょうき》もあいまって夏バテで痩《や》せてしまい、それでなくとも貧相な胸が見るも無残にえぐれ、あせもで肌もボロボロに！　こんなんじゃ恋できない(∨_∧)ベッドで王太子殿下をがっかりさせちゃう(∨_∧)と焦ったあたしは速攻でコルセットを脱ぎ去りました。いまから思うとほんとバカみたいですが、あのときはまだコンピエーニュでワンチャンあるかも[56]♡とけなげに信じていたんです。

七月の半ばに殿下が風邪をお召しになったことは話したよね？　そのとき国王陛下はこの機を逃すなとばかりに医師にある診察を依頼しました。えっとその、なんていうのか、殿下の男性機能に障害があったりしないか的な？　皮かむ……じゃなかった、えっと、ちょっとした手術で済むことならば処置をお願いしたい的な？　えーやだー、トワネットよくわかんなーい。

というのも、どこから漏れたんだか、あたしたちの結婚が成就《じょうじゅ》していないことが宮廷で噂になりつつあったのです。「あの二人はまだ若い。男女の仲はなせばなるもんで、外野があれこれ言うことでもあるまい」と鷹揚《おうよう》にかまえていた陛下も、「不能」と陰で王太子殿下を笑う声をいいかげん無視できなくなっていたのでしょう。真相を確かめるべく医師をさしむけたところ、判定は白。「王太子殿下のお体は手術の必要もなければ、いっさいの欠陥もございません」。これには陛下もあたしも、ついでにいえばメルシーもオーストリアのお母さまもほっと胸をなでおろしました。

けど、そうなってくると今度はこっちにお鉢がまわってくるんです！「男をその気にさせられない幼稚で未熟な王太子妃」ってあたしが笑われるようになるのにタイムラグほとんどなかったからね！　自国の王太子を揶揄《やゆ》するのにはさすがに遠慮が見られたけれど、今度の標的はかつての敵国オーストリアからやってきた小娘なもんだからみんな身を乗り出さんばかりの勢いで噂話に精を出してる。いい年した大人がよってたかってそんなに暇なの？　ってイヤミのひとつも言ってやりたくなるけど、そうなんでした、みんな暇なんでした。ヴェルサイユでは噂話ぐらいしかすることがないんでした。

「洗濯板」「棒っきれ」「やる気そぎ子」みんながみんな好き勝手言ってくれてるところ

(56)「もしかしたら一回あるかも♡」の意。

に、女の色香をだだ漏れにさせたデュ・バリー夫人がちらちら目の端に映ったとしたらどんな気持ちがすると思う？　ダイヤモンドの首飾りの下であふれんばかりの乳房が揺れ、彼女を見るといやでも夜を想起せずにいられません。コンピエーニュの森ではじめてお会いしたとき、国王陛下があたしの胸をさっと視線で舐《な》めた、あれは気のせいではなかったのです。あの一瞬で陛下は、新しくフランスに嫁いできた王太子妃の女としての価値を測ったのです。胸の大きさが女の価値だなんてあなたは笑うかもしれませんが、ヴェルサイユでは陛下の物差しこそがすべて。殿方がみな、どこまでも沈んでしまいそうなほどやわらかく豊満な女の肉に埋もれる快楽を求めているのだとしたら……ぺたんこの胸を見下ろし、あたしはあたしに失望しました。

「おかわいそうに。こんなにも痩せてしまって。いっそコルセットをおやめになってしまえばよろしいんじゃなくて？」

そう提案してくださったのはアデライードさまでした。

「だけどそんなことをしたら、ノワイユ伯爵夫人が黙っていませんわ」

「心配には及びませんよ。実はわたくしたちも普段はつけておりませんの。このようにほら、ストールで隠してしまえば外から見てもわかりませんし」

そう言ってアデライードさまは、たっぷりとしたタフタのストールで腰を覆《おお》われました。同様にソフィーさまもヴィクトワールさまもくすくす笑いながら、ストールで腰まわりを隠します。叔母さま方はご年齢相応のふくよかな体形をされているので、それまでコルセットをしているかいないかなど気にしたこともなかったのだけど、言われてみればたしかに、そう目立つようなものでもないのかもしれません。

「叔母さま方に相談して正解でしたわ。オーストリアでは普段コルセットをつけずに過ごしていましたが、フランスもやはりそうだったのですね！　あんなもの、ずっとつけていろというほうが無茶な話ですもの。そうと知ったらいますぐにでも脱いでしまいたいので、お部屋に下がらせていただきます」

言うが早いかあたしは叔母さま方の居室《アパルトマン》を辞し、早すり足で自室に戻ると、その場にいた召使いに手伝わせてコルセットを脱ぎ捨てました。その解放感といったら！　残業を終え、満員電車で帰ってきた一人暮らしのOLが玄関入ってすぐにブラのホックを外した瞬間の何十倍にも匹敵するでしょう。

「とんでもございません！　このグラン・コールは身分の高い女性にのみ許されたステイタスシンボルであり、絶対君主制をあらわしているのです。グラン・コールの着用を拒否するということは王室に泥を塗るのと同じこと。アントワネットさま、どうかお考えをお改めくださいまし」

予想していたとおり、マダム・エチケットがすぐさま飛んできて、ゆったりしたドレスを着てリラックスしているあたしの耳元でわんわん吠《ほ》えまくりました。

「うるさいなあ。儀式のある時とか人前に出る時はちゃんと着るってば」

「そういうわけにはまいりませんっ」

「えっ、なんで？」

「それがしきたりだからですっ」

「うわ、出たよ……」

「しきたりをお化けみたいに仰《おっしゃ》らないでください！」

「とにかくあたしはもうあんな窮屈な思いをするのはぜったいにぜったいにぜったいにいやだから！」

いつになく折れる様子を見せないあたしに業《ごう》を煮やしたノワイユ伯爵夫人は、援軍にメルシーを呼びました。

「いったいどうされたのです、マリー・アントワネットさま」

メルシーは頭ごなしに怒鳴りつけることはせず、コルセットのなにがそんなにいやなのかと落ち着いたトーンの声でたずねました。夏バテでまいってること、叔母さま方の勧めもあったことなど、ごちゃごちゃとこまかな理由を述べてみましたが、それぐらいでメルシーが引いてくれるはずもありません。

「こう言ってはなんですが、内親王さま方はすでにご高齢です。スタイルが崩れたところでいまさらなんの差しさわりもございません。しかし、アントワネットさまはまだお若い。いまコルセットをやめればてきめんにスタイルは崩れ、取り返しのつかぬことになりますぞ。コルセットを脱いで食欲がお戻りになったことはさいわいですが、ちょっと気を許したらそのままぶくぶくぶくぶく牛のように太ってしまいかねません」

だからそのスタイルが問題なんでしょうが！　どんなに腰が細くたって、その上にふさふさ揺れる肝心のものがなくちゃ意味なくない?!　だなんて殿方のメルシーに言えるわけもなかったし、貧乳だと自分で認めるのもいやで、結果あたしは依怙地《いこじ》になりました。

「うるさいうるさいうるさいうるさ――――い！　とにかくいやだって言ったらいやなの！！！」

まさかそれが大騒ぎを引き起こすことになるなんて、そのときは思ってもいなかったのです。あたしはただ巨乳になりたかっただけなのに……。

王太子妃コルセット拒絶のニュースはあっというまに広がり、いちばんホットな醜聞《ゴシップ》として宮廷を騒がせることになりました。メルシーが心配していたとおり、コルセットをやめ、空気の悪いヴェルサイユから夏の離宮に移ったとたん、食欲が異様にわいてきてお菓子をもりもり食べていたら、肝心のところはさっぱりなのに腰回りにたぷたぷと肉がつき、廊下を歩いていると「デブ」とか「ブタ」とか「胃袋が宇宙」とか「ウェディングドレス引き裂き女」とかどこからともなく罵声《ばせい》が飛んでくるようになりました。

コルセットを身につけないことがどうしてこんなに問題になるのかあたしにはまるきり理解できませんが（「炎上」ってそういうものですよね……）、これがヴェルサイユなのです。彼らにとって着飾ることは殉教と同じ。青いジャケットや赤いヒールの靴、燃えるような頬紅、体を締めつける礼装用のコルセット等々、こまかく定められたステイタスシンボルをみなが競って誇示するマウンティングの合戦場で、コルセットを脱ぐことは甲冑《かっちゅう》を脱いだも同じこと。血祭りにあげられたとしても文句は言えません。

憂《う》さを晴らそうにも、ロバに乗るかデュ・バリー夫人の悪口を言うぐらいしかやることがなく、王太子殿下はあいかわらず淡白でほとんどかまってくれないし、それどころかコンピエーニュに来てからはあからさまにあたしを避けているように感じられます。

「いったいなにがいけなかったんでしょう。殿下はコンピエーニュに移ったら、と約束してくださったのに」

耐えきれず叔母さま方に泣きつくと、叔母さま方はそれはそれはやさしくあたしの背中を撫《な》で、とっておきのボンボンとショコラをすすめてくださいました。おいしいフルーツとちょっとしたフィンガーフードまで出てきます。甘いものとしょっぱいものとさっぱりしたフルーツという魅惑のトライアングルで、あたしの食欲は天にのぼる龍《りゅう》のごとくぐんぐん勢いを増していきます。

「王太子殿下ったらいけませんね、こんなかわいらしい妃殿下を放っておかれるなんて」

「機会があればわたくしたちからも注意しておきましょう」

「わたくしたちにまかせてくだされば、悪いようにはしませんからね」

早速その日の晩、叔母さま方は王太子殿下を呼び止めてお話をしてくださることになりました。妻がいたのでは話しづらいこともあるかもしれないとあたしは早々にその場を辞しました。立ち去るとき、なんとも心細げな表情であたしをふりかえった王太子殿下のお姿がいまも胸のどこかに引っかかっています。はじめてお会いしたときよりさらに身長が伸び、肩幅も広くなって、どんどん大人に近づいているのに、あのときの殿下はさながらネバーランドに置いてきぼりにされたピーター・パンのようでした。しかし、あたしはとにかく夜を完遂し、あたしを笑いものにしてくれちゃってる宮廷人たちを見返してやることで頭がいっぱいで、殿下の心の機微に気づくことができなかったのです。

さすがに叔母さま方の言うことであれば殿下も素直に聞き入れてくれるのでは、とハーブから抽出した香水を胸元にふりかけてベッドでお待ちしておりましたが、その晩も殿下のお通りはありませんでした。朝目覚めてから、ひんやりと乱れなく整ったベッドの残り半分にやけくそで飛び込んでバタ足するのがそのころのあたしの日課でした。

「あー、おなかが空《す》いた！」

おまけに起きた瞬間からやたら空腹で、ラヴェンダーで香りづけしたショコラをがぶ飲みし、山盛りのクロワッサンをぺろりと平らげ、ポタージュとゆで卵と冷肉をおかわりし、青りんごを丸かじりしてもまだまだ足りません。

「なんとおいたわしい、このままだと入るドレスがなくなってしまわれますよ。王太子妃殿下、どうか後生ですからコルセットをおつけになってくださいませ。妃殿下は華奢《きゃしゃ》でいらっしゃいますから、この先に控えたおつとめのためにも多少お肉がつくのはよろしいかと思いますが、コルセットをつけておられないせいでお肉がつくべきところではなくよそへ流れてしまわれておいでです。お肉を逃さぬためにもコルセットは必要なのですよ」

ノワイユ伯爵《はくしゃく》夫人は来る日も来る日も朝から元気いっぱいに嘆いています。砂糖まみれのアーモンドパイを頬張りながらあたしはそれを聞き流します。どれだけ体形が崩れると脅されたって、この解放感をおぼえてしまったあとではいまさらあの監獄に戻る気にはなれません。ユニクロがブラトップ革命を起こし、もはやセレブのあいだではブラレット[57]を通り越してノーブラがトレンドになってるんだから推して知るべしってものです。これぞ真の女性解放！　ありのままのプリンセスってやつじゃありませんこと？

「昨晩も殿下は寝室にいらっしゃいませんでした。それどころか、先日叔母さま方にご忠告していただいてからよけいにあたしを避けるようになった気がします。今朝だって早起きして狩りに出かける殿下を見送ったのに、目も合わせてくださらないんですよ」

おやつにしょっぱいタルトと甘いタルトを交互に貪《むさぼ》りながら、来る日も来る日もあたしは叔母さま方に愚痴ります。叔母さま方はウィンドチャイムのように揺れながらけたけたと笑い声をあげ、

「照れているだけですよ。あの子は昔からシャイであまのじゃくなところがあるから、宮廷でこれだけ噂になってしまって気が引けているのでしょう」

「しょうがないわねえ、男の子ったら。こういう時は女のほうがどっしり構えていないと」

「今度の誕生日であの子も十六歳になります。十六歳といえば立派な大人。もしかしたらその日につとめを果たそうと考えているのではないかしら」

そうか、殿下は照れてるだけなのか。なんだそれ、かわいいかよ。漲《みなぎ》るわ〜♡♡♡

叔母さま方の慰めに、あたしはころっと希望を取り戻しました。叔母さま方がやたらと殿下を「あの子」と呼ぶのが気にはなりましたが、そんな些細《ささい》なことに引っかかっている場合じゃありません。殿下のお誕生日は八月二十三日。それまでに少しでも胸のボリュームを増やさなくてはと、すでにおなかはいっぱいでしたが、おやつの締めに洋ナシのシャルロットをむしゃむしゃいただきました。

そうして待ちに待った八月二十三日……お察しのとおり、待てど暮らせど殿下はお越

(57) ワイヤーもパッドも入っていないブラジャー。三角ブラとも呼ばれる。

しになりませんでした。一ヶ月近く食って食って食いまくってきたせいでぱつぱつにはじけそうなボディをベッドに横たえ、あたしは静かに目を閉じました。今夜もデュ・バリー夫人の居室《アパルトマン》からは盛りのついたメス猫の嬌声《きょうせい》が聞こえてきます。この世の春を思うぞんぶん享受《きょうじゅ》しようとするその声が、だんだんあたしを笑っているように聞こえてくるのは被害妄想《HGMS》でしょうか。ハプスブルク家の皇女に生まれ、フランス王太子妃という地位を得たところで、あんな下賤《げせん》の生まれの女にもかなわない、これがマリー・アントワネット十四歳のリアルでした。

——やってらんねえ。

そのとき、ぷつんとあたしの中でなにかが切れました。どれだけがまんして王太子妃らしくふるまったところで、なんにもいいことなんてない。期待したって裏切られるだけなら最初から期待などしなければいい。そうすれば不要に傷つくこともありません。

なにもかもがすっかりいやになり、そのうちあたしはコルセットや歯みがきだけでなく、もったいぶった儀礼の数々や王太子妃の義務のひとつである夜会の開催も拒否し、公式のカード遊びもボイコットし、フランス語の授業も読書の時間もスピネットのレッスンも、これまでいやいや受け入れていたことすべてに「ノン！」を言うようになりました。

「アントワネットさま、なりませぬぞ！」

すぐにメルシーが目の色を変えて飛んできましたが、いまさらそれぐらいでグレなずんだあたしの心は更生しません。

「カトリックの教義では契《ちぎ》りのない結婚はたやすく無効にできるのです。いまだアントワネットさまは王太子殿下と夫婦の契りを結んでおらず、王太子妃という地位も名ばかりのもの。フランス宮廷におけるアントワネットさまのお立場は非常に脆《もろ》いものだとおわかりですか？　せめてしきたりに背かず、王太子妃らしいふるまいを心がけ、付け入る隙《すき》を与えないようにしなければ、このままでは婚姻を破棄されフランスを追放されかねませんぞ」

「フンッ！　離縁になったらなったでいっそせいせいするわ」

「いくらなんでもお言葉がすぎますぞ！　ここでは壁という壁がだれかの耳だということを肝にお銘じください！　離縁などとんでもない。マリア・テレジアさまが苦労してやっと取り結んだフランスとの和平同盟を反故《ほご》にするおつもりですか！」

お手上げのメルシーは葵《あおい》の御紋ならぬ鷲《わし》の御紋(58)を持ち出そうとマリア・テレジアに嘆願書を送り、「エチケット命」のはちまきを頭に巻いたノワイユ伯爵夫人はなにがなんでもあたしにコルセットを身につけさせようと幾度も国王陛下に願い入れ、百合《ゆり》の御紋を持ち出します。陛下はご自身にも後ろめたいところがあり、煩《わずら》わしい女どもの諍《いさか》いに

(58) 双頭の鷲はハプスブルク家の紋章。

かかわるのがめんどうでもあるのか、朝の謁見《えっけん》時に軽くコルセットのことを持ち出したり、「最近なんだか妙に肉づきがよくなったようだな……」とつぶやきながらあたしの胸元に視線を寄越すぐらいですが（きしょ）、オーストリアのお母さまからは例のごとく超長文のお叱《しか》りの手紙がやってきました（コルセットだけでなく歯みがきをさぼっていることまでなぜかバレてた！　お母さまったらやっぱり千里眼なのかしら……）。

そもそもは王太子殿下といつまでも夫婦の契りを結べないでいることを気に病みコルセットを放棄したのに、そのせいで離縁されるかもしれないだなんておかしな話です。「夫婦の契りを結べ」というのと同じぐらいの熱量で、「コルセットを身につけろ」と言われる。意味わかんない。あたしはフランス王太子妃なのに、なんでこんなになにもかもが思い通りにならないの？

「宮廷中が妃殿下にふりまわされておかしいったら」

「お父さまですら妃殿下のご機嫌を損なうのを恐れるあまり強い態度には出られないみたいですわ」

「いよいよデュ・バリー夫人と拮抗《きっこう》してきたんじゃありませんこと？」

あたしの味方は叔母さま方だけです。もっと自由に好き放題やってごらんなさいな、やりたくないことはいっさいやらなくてかまいません、フォローはわたくしたちにまかせてちょうだい、あなたのような新しい風が吹くことをヴェルサイユはずっと待ちわびていたのですよ——甘い言葉と甘いお菓子だけがあたしを満たし、無尽蔵な食欲はあとからあとから湧《わ》いてくる。大量に砂糖を摂取したせいか、それとも肥満からくる倦怠感《けんたいかん》か、薄いベールをかけたように頭がぼんやりして怠惰に拍車をかける……。

そのころ宮廷の一部では、「以前にくらべて妃殿下の食欲が増してきているようだ」「そういえばどことなくふくよかになられたような……」「ついにご懐妊か？」「これはめでたい！」などと囁《ささや》かれるようになっていたとかいないとか。

なにその羞恥《しゅうち》プレイってかんじじゃない？　っていうかあれだけあたしたちの結婚が成就してないって噂になってるのにそれ知らないとかどんな情弱(59)だよ！　だからといって「ただ太っただけだよ／(^o^)＼」なんて訂正してまわるのも恥の上塗りですし、いたたまれなさからあたしは体調不良を言い訳にして宮廷儀式を拒否し、あまり出歩かなくなりました。

王太子殿下があたしの居室を訪れたのは、ひきこもり生活をはじめて半月ほど経《た》ったころでした。身づくろいもせずぶくぶく太り、ろくに洗顔もしないので肌荒れもひどくなる一方で、だれにも会いたくなくて一日中ネグリジェで寝室にこもってゴロゴロしているだけのあたしを見かねてのことだったのでしょうか。ひきこもりの部屋特有のこもったにおいと荒《すさ》んだ様子に、殿下はぎょっとされているご様子でした。

(59) 情報弱者。

「この頃ずっと話せていなかったから顔を見にきたんだが、これはいったい……」

そう言って殿下は、ベッドのまわりに堆《うずたか》く積み上げられたお菓子やフルーツ、王室御《ご》用達《ようたし》の仕立て屋に届けさせせたデザイン帳やテキスタイル見本帳、パリから届けさせたゴシップ紙と話題のロマンス小説——あたし専用のコックピットを見まわして唾《つば》を飲み込みました。

「秘密基地みたいでしょ？」足の爪《つめ》をみがかせていた召使いを下がらせ、あたしは殿下をベッドに招きました。「殿下もやってみたらよろしいですわ。狩猟の道具や歴史の本や錠前なんかをベッドのまわりに置いて、日がな一日戯《たわむ》れに過ごすのです。背徳的なかんじがしてとても楽しいですよ。あ、でも殿下にとってはすでにこのヴェルサイユが巨大な秘密基地みたいなものでしたわね。うらやましいこと」

あんなにも待ちわびた殿下のお通りだというのになんてひどい態度でしょう！　ほんとうにこのときは自暴自棄になっていてなにもかもがどうでもよかったのです。

多少の戸惑いはあるようでしたが、殿下はとくに気を悪くしたふうでもなく、ふらふらと落ち着かない様子で長身を揺らしながら部屋のあちこちに視線を走らせていました。例の噂《うわさ》をお耳に入れたのでしょうか、それとも「コンピエーニュに行ったら」という約束を反故にしたことを謝罪しにでもきたのでしょうか。わざわざこちらから気をまわしてやる気にもなれず、罰をあたえるつもりで放置していたら、

「君のことが、嫌いなわけではないんだ」

しぼりだすような声で、やっとそれだけ殿下は仰いました。

思わずあたしは体を起こし、

「え、それって、つまり……？」

ちょ、それｋｗｓｋ(60)と身を乗り出したいところをぐっとこらえ、最小限の言葉で殿下の真意を探ろうとしました。期待してはいけないときつく自分に言い聞かせたことも忘れ、すでにあたしの目はこれまで以上の期待に潤《うる》んでいました。

「君を見ていると兄上を思い出す。私にはそれが、耐えがたいのだ」

「お兄さまというと、幼いころにお亡《な》くなりになったっていう……」

殿下の兄上であるブルゴーニュ公の話はあちこちで聞きかじってはいました。十歳の若さでこの世を去った悲劇の王子。美しく才気にあふれ、陽気で奔放、ユーモアのセンスも抜群、傲慢《ごうまん》で権力に自覚的すぎるきらいがあるがその分人を惹《ひ》きつける、王になるために生まれてきたような子どもだったとみな口を揃《そろ》えて言います。それだけで彼が、どれだけヴェルサイユで愛されていたか伝わってくるようです。その陰で、ひっそりと目立たぬように歴史書を繙《ひもと》いていた幼きベリー公(61)にはだれも目をくれません。

「ほんとうに太陽みたいな子でしたよ。あんな兄がいたらやたらと比較されて卑屈にな

（60）「詳しく（教えて）」の意。（61）ルイ十六世の爵位。

ってしまうのも無理がないかもしれませんわね」

叔母さま方は十年近く昔のことをつい昨日のことのようにお話しされます。

「それでも二人は仲の良い兄弟でした。兄は弟のことをいつも気にかけ、弟は心から兄を慕っておりました。太陽と月のような兄弟でしたわ」

「わたくしは、あの日、あの子が言った言葉がいまも忘れられないのです」

ブルゴーニュ公が亡くなったとき、つきっきりで看病していた王太子殿下は濁りのない水色の目でこう仰ったそうです。

「兄上のかわりに私が死んだほうがよかったのではないでしょうか」

わずか七歳の子どもにそんなことを言わせてしまうフランス王室の体質にぞっとしましたが、そのときの傷をいまも殿下が引きずっているとは考えてもみませんでした。だって殿下はいつも飄々《ひょうひょう》として、浮世のごたごたになど興味もなければ影響もされないように見えていたから。一足飛びにフランス宮廷中のだれより大人になって、その境地にいたってしまったのだとばかり思っていたのに、まさかあの強固な殻の内側に深い喪失と孤独を抱えた少年が蹲《うずくま》っていたなんて！

胸の真ん中がきゅっと窄《すぼ》まったようになり、殿下を抱きしめたくてしかたなくなったけれど、最後にお風呂《ふろ》に入ったのがいつだったか思い出せなくてあたしは伸ばしかけた手を引っ込めました。

「そんなにもあたし、お兄さまに似ているのですか？」

「似てる。それも、すごく」

「だけど、そんなこと、だれにも言われたことありませんわ」

「姿形のことじゃない。もっと本質のところが……魂に色があるとしたら、おそらく同じ色をしてると思う」

「それって喜んでいいことなのかしら？」

「もちろん——いや、どうかな……」

「そのせいで殿下があたしを避けるのなら、あんまりうれしくはないですね」

「恥ずかしいことだが、いまだに心の準備ができていないんだよ。王太子という立場にも、君の夫になることにも」

たぶんこれこそが殿下の本心なのでしょう。王位継承者の二番目の王子として生まれ、王位を継ぐことなど期待されず、自らも期待せずにいたところへ急に降ってきた「王太子」という立場を持てあましている。そう考えれば、これまでの殿下の言動にも納得がいきます。

「コンピエーニュで叔母たちに焚《た》きつけられたときには正直うんざりしてしまった。悪気があって言ってるわけじゃないんだろうが……あの初夜の晩を君はおぼえてる？　なんだかあれと同じ状況がずっと続いている気がするんだ。それだけで意気消沈してしま

たしは後悔をおぼえていました。
と殊勝に答えながら、やはりあのとき、殿下を置きざりにするべきではなかったとあ
「いいえ、お気持ちお察しいたしますわ」
う私がどこかおかしいんだろうか？」

いったい叔母さま方はどんな口調で殿下を詰めたのでしょう。普段から殿下に対してはずけずけと率直に物を言う「親戚《しんせき》のおばちゃん」スタイルの叔母さま方のことです。「あんたぁしっかりせんといかんがね！」なんて調子でがさつに殿下の背中を叩《たた》いたのでなければよいのですが……殿下のご気性をよくご存知ならあんまりヘタな真似《まね》はできないと思うんですけど……それもこんなデリケートな問題で。

「ここではみなが好き勝手なことを言う。惑わされまいとガードを固めることばかりに注力してきたから解き方がよくわからない。君が近くにいると、心がざわつくんだ。自分が自分でなくなるみたいで落ち着かない。少しずつ慣れるよう努力してみるから、あんまり急《せ》かさないでくれないか」

これはあたしのうぬぼれでしょうか。殿下のその言葉は、あたしだけが殿下の心に触れられるのだと言っているように聞こえました。自己抑制こそ美徳ととらえているふしのある殿下が、心が騒いで落ち着かないからあたしを避けるんだとしたら……ここは喜んで引き下がるしかないではないですか。

「三歩進んで二歩下がるってかんじですわね」

肩をすくめてあたしが笑うと、

「それでも進んではいる」

と殿下も顔をほころばせました。

はじめて殿下とまともに言葉をかわせた気がして、あたしはしあわせでした。ほんとうに、すこしでも進んでいる、という実感がようやく持てたのです。非常にゆったりとした焦《じ》れるような速度ですが、よくよく考えてみれば結婚が決まってからというもの人生が二倍速でまわりはじめ、その異常なスピードに急かされていただけなのかもしれません。若さと衝動にまかせてさっさと初体験をすませちゃうなんてどこのヤンキーカップルだよってかんじだし、なんにも焦る必要などないのです。めまぐるしく走り続ける日々のスピードや外野の声に惑わされることなく、あたしは、自分と殿下の心の動きだけに集中して、このタペストリーを織ってゆきたいと思ったのでしたまる
殿下が部屋を出ていくと、すぐにあたしはノワイユ伯爵夫人を呼んで、コルセットを持ってくるように告げました。照れくささも手伝って、なんでもないことのようにそっけなくお願いしたら、

「いま、なんと？」

突然のことにノワイユ伯爵夫人の声は震えていました。

「いまなんと仰いましたか？　私の聞きまちがいでなければ、コルセットと聞こえたのですが……」

　うわ、うぜ……と内心うんざりしつつも、「そう！　コルセットをつけるって言ってるの！　なんか文句ある？」とぶっきらぼうに答えると、ノワイユ伯爵夫人は「文句などあろうはずもございません！」とばかりにドレスの裾《すそ》をひるがえし、衣装係のもとへと飛んでいきました。

　それ以降、憑《つ》き物が落ちたかのようにおとなしくコルセットを身につけ、定められたしきたりをちゃんちゃんとこなすようになった王太子妃にみな大喜びでした。ひとまわりもふたまわりもサイズが大きくなったわりに、お胸のほうは微増しただけにとどまりましたが、あの化け物じみた野蛮な食欲も倦怠感も嘘みたいにどこかへ消え、コックピットを抜け出して散歩に出かけたり、乗馬を楽しんだりしているうちにほどよく丸みを帯びた女らしい体つきになってきた気がします（第二次性徴《D2S》／（＾ｏ＾）／）。マダム・エチケットは歓喜にむせび、国王陛下は大勢の前で何度もあたしの手に接吻《せっぷん》されました。メルシーなんかは鏡の間をスキップして駆け出していきそうなほどの浮かれっぷりで、早速オーストリアのお母さまに報告の手紙を書いていたようです。「あら、そう」と叔母さま方だけはそっけない反応でしたが、あたしを悪《あ》しざまに罵《ののし》っていた輩《やから》たちの声もいったんは落ち着き、ヴェルサイユに一時の平和が訪れました。まあ、その平和も長くは続かなかったんだけどね……。

一七七一年一月二十六日（土）

先ほどお母さまから手紙が届きました。いつもながらお叱言《こごと》ばかりのシブめな手紙です。お母さまはオーストリアからあたしを遠隔操作するおつもりなんでしょうか。嫁いでからもこんなふうにあれこれ言われるなんて、いまだに片足をオーストリアにつなぎとめられてるみたいな気さえします。フランスにだってなじみきれてるとは言いがたいし、ほんと宙ぶらりんだなって自分でも思うんだから、宮廷の人たちがあたしを排斥しようとするのも無理ないなって思えてきます。

でもまあ、今回ばっかりはお母さまが心配するのもしょうがないっちゃしょうがない。手紙のほとんどは「ショワズール事変」について割かれていました。話が前後するけど、昨年のクリスマスにショワズール公爵が罷免《ひめん》され、宮廷を追放されてしまったのです。デュ・バリー党に真っ向から敵対していたショワズール派の筆頭が追い出されてしまったのだから、これがどういう意味だかわかるよね？　そう、トワネットちゃんオワタ＼(^o^)／ってことよ！

事の発端は、ショワジーでの観劇の際に起こったデュ・バリー夫人とグラモン公妃との諍いでした。遅れて劇場に入ってきたデュ・バリー夫人は前列の席がすでに埋まっているのを見てとるや、「わたくしの席が空いてないじゃない」とぷりぷり怒り出したのだそうです。見かねたお付きの女官が前列に陣取っているグラモン公妃に声をかけると、「そちらが遅れていらっしゃるのが悪いのではないですか。今夜は正式な会ではないのですから指定席などございませんよ。みんな早めにやってきてこうして席を取っているのです。むろん、王太子妃殿下がいらっしゃるのであれば喜んで席をお譲りいたしますけれど」

皮肉な笑いを浮かべ、彼女は自信たっぷりにそう答えたそうです。ショワズール公爵の妹で、王太子妃付きの女官でもあるこのグラモン公妃は、ショワズール派の中でもとくに鼻息が荒く、日頃からイケイケドンドンでした。たいした脅威にはならないけれど、敵にまわしたら（味方だとしても？）いちばんやかましくてうっとうしいタイプかもしれません。

くすくすと貴婦人たちの忍び笑いが場を埋め尽くし、デュ・バリー夫人は顔を真っ赤にして逃げ去るように劇場を出て行ったのだとか。想像するだけで寒々しくいたたまれない気持ちになります。観劇が終わるやいなや得意げに報告しにきたショワズール派のご婦人方の話を聞きながら、その場に居合わせなくてよかったと他人事《ひとごと》のように思っていましたが、あのデュ・バリー夫人がそのまま黙って引き下がるわけがありませんでした。翌日、国王陛下の封印状がグラモン公妃のもとへ届きます。地方への追放命令でした。

くっそめんどくせ〜〜〜〜！

しらせを受けたとき、いのいちばんにあたしはそう思いました。この件については静観を決め込みたい、できれば関わりあいになりたくないと思っていたのに、ここまで事が大きくなってしまったらあたしが出ていくしかありません。表立ってあたしがデュ・バリー夫人に敵対することで、必要以上にグラモン公妃を調子づかせてしまったという責任も多少は感じていましたし、なによりグラモン公妃はあたし付きの女官なのです。たとえあたし自身が、このマダムなにかっていうとすぐオラつく(62)しちょっと扱いづらいな……追放されれば風通しがよくなるかも……？　と内心思っていたとしても、政治的な問題にかかわるとあってはメルシーが黙っちゃおりません。

「いくら国王陛下といえど、妃殿下になんの断りもなくグラモン公妃を追放していい道理などございません。ここは是が非にも遺憾の意をしめさなければなりません！」

マリア・テレジアに遠隔操作されているメルシーに操作され、あたしは陛下のもとへと嘆願しにいくことになりました。

(62) 偉そうで横柄な言動をする。

「グラモン公妃はこれまであたしによく尽くしてくださいました。どうしてあたしに一言の相談もなく事をお決めになってしまわれたのですか？　こんなの……こんなのってないわ、ひどいですわ、お義祖父《じい》さま」

「マリー・アントワネットよ、泣くな、泣くんじゃない。私は女に泣かれると弱いんだよ……。グラモン公妃のことは残念だが、ああするよりほかに事をおさめる方法が思いつかなくてな」

陛下はおろおろと言い訳するばかりで、最後まで命令を取り下げようとはなさいませんでした。問題の中心にいるはずのデュ・バリー夫人の名はおたがい決して口には出しません。そこを突けば、陛下もあたしも無傷ではいられないからです。陛下は愛人の存在を知った孫嫁に「汚《けが》らわしい！」となじられることを恐れているようでしたし、あたしはあたしでデュ・バリー夫人を公然と無視し続けていることをいつ陛下から責められるかと内心びくびくしていました。かくしてあたしと陛下の興行は、「デュ・バリー夫人の勝利」としてその日のうちに宮廷中に広まりました。

そうなんです。デュ・バリー夫人とグラモン公妃の争いだったはずが、いつのまにかデュ・バリー夫人VS王太子妃のバトルにすり替わっていたのです！

ほんマジかんべんしてほしいんですけど！　あたしだったら事を荒立てないようにもっとうまくやれるのに、血気盛んな若い衆（つってもグラモン公妃はあたしよりずっと年かさですが）が先走ったあげくに抗争《ビーフ》が勃発《ぼっぱつ》して親分に迷惑をかけてるようなもんじゃないですか。追放なんて生ぬるい！　エンコ詰め(63)させて生コン飲ませて地中海に沈めてやんぞコラ！　てなもんです。

そんなあたしの憤《いきどお》りもなんのその、ヴェルサイユには血気盛んな輩がもう一人おりまして、その名もエティエンヌ・フランソワ・ド・ショワズール、うちの組の若頭……じゃなかった時の宰相でございます。妹を溺愛《できあい》していたショワズール公爵は、彼女に対する理不尽な処罰に憤慨し、それまで以上にデュ・バリー夫人を敵視するようになります。妹に輪をかけてイケイケドンドンな兄のあからさまな侮蔑《ぶべつ》行為（大勢の前で「淫売《クレアチュール》」「馬の骨《フィーユ・ド・リヤン》」と罵ったり、聞こえよがしに皮肉を言ったり）を腹に据えかねたデュ・バリー夫人は、かねてより温めていた計画を実行に移します。「ほんと、男のヒステリーっていやあねえ。あんな奴、いいかげんどっかやっちゃってよ」とベッドの中で裸の脚と脚とをからませながら国王陛下におねだりをしたのです（※イメージ）。外交上の政策においてもやたら好戦的ですぐに戦争を起こしたがり、まるでこの国の君主であるかのように調子こいていたショワズール公爵にほとほと手を焼いていた陛下は、「たしかにあいつ最近目にあまるよな」と愛人の口車に乗ってしまったわけです。肩を持つわけじゃないけど、陛下の気持ち、わかりみがある……調子こいた子分ほどやっかいなも

（63）指詰め。

のはないですよね……。

「ショワズール事変」はヴェルサイユに大きな波紋を広げました。兄妹の追放によりショワズール派は空中分解、空いたポストにはデュ・バリー夫人との肉体関係を噂されている不潔な面々がおさまり、ヴェルサイユは実質デュ・バリー党の一党独裁状態と化しました。そうなると自動的に集まってくる集まってくる、ショワズール派の残党たちが道に落ちたビスキュイにたかる蟻《あり》のように、対デュ・バリー勢力の筆頭隊長として祭りあげられてしまった王太子妃ことこのあたしのもとへ！

　あたしがデュ・バリー夫人に声をかけないことは宮廷人たちのお気にいりの醜聞《ゴシップ》になっていたので、絶好の神輿《みこし》だと思われたのでしょう。「え、ちょ、ま……」と尻込《しりご》みしているうちにワッショイ！　ワッショイ！　祭りがはじまっていました。そうなってくると、すぐ調子に乗っちゃうだんじり野郎ことこの俺さ！　デュ・バリー夫人をはじめとするその周辺人物たちの悪口合戦で憂さを晴らし、「この先ヴェルサイユはどうなってしまうんでしょう……」とおもいおもいに嘆き（おまえが心配してるのは「ヴェルサイユ」じゃなくて自分のことだけだろ！　なんてツッコミは無粋だよ）、「わたくしたちが一枚岩となってデュ・バリー党に対抗していきましょう」(64)「王太子妃党《ドフィーヌ》、ここに発足ですわね」なんてことをだれかが言い出して、ウェーイ！　とばかりに盛りあがっていたところへ、ひょっこり王太子殿下が顔をお出しになりました。

「なんの騒ぎだ」

めずらしく殿下は不愉快を隠そうともせず、あたしの居室《アパルトマン》に集まった人々につめたい一瞥《いちべつ》をくれました。その中心にあたしの姿を見つけると、安堵《あんど》と失望の入りまじったような複雑な表情を一瞬だけ見せ、すぐに目を伏せました。あたしが専用のコックピットを構築し、自分の殻に閉じこもっていたときとはあきらかに異なる反応でした。

「ショワズール公がヴェルサイユを去ったいま、この先どうするべきかと身の振り方を相談していたところです」

「ここにいる人間はみなショワズール派に与《くみ》していましたから、これから風当たりが強くなるのは必至」

「とはいえ、ただ泣き寝入りしているだけではおさまりませんもの。この際、デュ・バリー党に対抗して王太子妃党を結成してはどうかなんて話していたところですのよ」

「王太子妃党！　よっ、ナイスネーミング！」

「いったいだれが考えたのかしら……ってわたくしでしたわ！」

「ナイスノリツッコミ！」

「きゃははははははは！」

「おほほほほほほほほ！」
(64) 調子に乗った集団特有のかけ声。

「殿下にもご参加いただけるのであれば心強いかぎりでございます」

興奮からか、それとも頬紅を濃く塗りすぎただけなのか、顔を上気させたご婦人方が殿下にすり寄っていきます。

その一、それまでに出た話題をことこまかに伝える。

その二、おまえのいないところでとにかく盛りあがっていた旨《むね》を伝える。

その三、ウェーイ！　の押し売り。

飲み会開始から一時間が経過し、宴もたけなわのころに素面《しらふ》であらわれた相手にやっちゃいけないことを彼女たちは次々やってのけました。ああっ、とあたしは思わず両手で顔を覆《おお》いました。このノリ、内側にいる人間にとっては最高にウェイでも外から見たら醜悪でしかない――なにより殿下がお嫌いであろうノリの宴がよりによって妻であるあたしの居室で行われているなんて……死にたみが深すぎていますぐ穴を探しに旅に出たさある。

急いで彼女たちを下がらせこのお祭り状態を収束させるべきだとわかってはいました。わかってはいましたが、そうなると今度はあからさまに不機嫌な殿下とサシになってしまうではないですか！　それはそれで気まずい……現時点でも十分に気まずいっちゃ気まずいけれど、サシじゃないだけまだましかも……などとぐずぐず考えをめぐらしていると、

「すこし、妃《きさき》と二人だけにしてもらえないか」

冷ややかな声で殿下が仰《おつしや》いました。氷の張った運河の水をそこらにまき散らしたかのようにあたりはたちまち氷点下。ご婦人方がそそくさと立ち去るにしたがって人いきれも霧散し、室内の気温はどんどん下がっていきます。どれだけ薪《まき》を焚いてもまにあいそうにありません。こ、凍える！　ベッドにもぐりこんで頭から毛布をかぶり、そのまま冬眠してしまいたい。やはりあたしは穴の中で一生を過ごすべきなんじゃないだろうか……。おそろしくて殿下の顔が見られず、足もとに視線を落としてもぞもぞと自分の殻に閉じこもろうとしていると、

「マリー・アントワネット」

殿下があたしの名前をはじめてお呼びになりました。これはすごいことでした。フランスに嫁いで半年経ち、ようやく名前を呼んでもらえたのです。いつも「妃」とか「マダム」とか「君」とかばかりでしたから。

「あたしの名前、ご存知だったんですね……」

思わずまぬけなことを口走ったあたしに、

「なにをばかなことを……」

あきれたようにつぶやきながら、殿下はすこしだけ表情をやわらげました。笑っちゃいけないと思ってるのについ笑ってしまった。そんなかんじの笑い方でした。

「ショワズールのことは残念だったね。君が公に恩義を感じていたのはわかっている。しかし、ショワズールも所詮《しょせん》は前寵姫《ちょうき》のポンパドゥール夫人に取り入って宰相までのぼりつめた男だ。手段はともかく政治的手腕はたしかだったからショワズールはまだいいほうだけどね。公が去ったいま、その地位にデュ・バリー夫人の息がかかった能力のかけらもない者がつこうとしているのに、私も含めだれも止められないなんて情けない話だ。フランスはいつまでこんなくだらないことをくりかえしていくのだろう。私はほとほとうんざりしているよ」

あたしも殿下をルイ・オーギュストさまとお呼びしてもいいものか、名前を呼んでもらったぐらいで調子に乗んなよと思われるかしら、こいつ急いで距離詰めようとしてきやがる必死すぎwwwなんて思われやしないかしら、などと考えてもたもたしているうちに、すでに殿下は次のステージに進んでいるようでした。

「君のすることに口を出すつもりはないよ。むしろヴェルサイユのつまらないしきたりに縛られることなく君ぐらいは自由でいてほしい。コルセットだってしたくないならしなければいいし、馬に乗りたいならいくらでも乗ればいい。だけど、これだけは覚えておいてほしい。こんなくだらない派閥争いは私たちの代で終わらせるつもりだということを」

あ、釘《くぎ》刺された。名前を呼ばれたぐらいで浮かれあがっていたあたしは、その瞬間すっと冷静さを取り戻しました。

殿下が「ヴェルサイユ人」を心底から軽蔑し、疎《うと》んじていることは結婚初夜の時点でわかっていました。つまり殿下はあたしにいつまでもヴェルサイユの水に染まらず孤高を貫けと言っているのです。まさか自分の妻が人一倍流されやすく調子に乗りやすい浮かれポンチだなんて思ってもいないのでしょう。お兄さまに似ている、と言われたときもうすうす感じていましたが、殿下はもしかするとあたしを必要以上に美化し、過大評価しているのではないでしょうか。思春期の少年にありがちな——はっきり言ってしまえばＤＴ(65)特有の——女性崇拝からくるものなのかもしれません。

その一方で、公妾《こうしょう》に対する蔑視はかなり強そうです。殿下のお母さまはかなり厳格で信心深いお方だったと聞きますし、お母さま亡きあとはあの叔母さま方に囲まれてお育ちになられたのだから、それも無理からぬことなのかもしれません。

冷たく重たい石のような道徳観を抱いて眠る「修道女」か、だらしなく熟れきった果実を貪る「娼婦《しょうふ》」。そんな両極端の女性にしか殿下は出会ったことがないのです。

これってもしかしてもしかしなくても妃の責任重大なんじゃ……。改めて自分が置かれている立場を理解し、あたしは青ざめました。殿下が決定的な女嫌いにならないようにどうにかあたしが食い止めなければ、フランスオワタ／(^o^)＼なんてことにもな

(65)「童貞」の意。

りかねません。

「もちろんですわ。あたしの心は殿下とともにございます。いつまでもこんなことが続いていいはずがございません」

そのとき、あたしははじめて殿下にお道化を用いました。

進んでいるんだか下がっているんだか、あたしにはもうわからなくなってきました。

そうして、あたしの人生でいちばん長い一年が幕を閉じたのです。

一七七一年六月二十二日（土）

ボンジュー、マリア。

前回お話ししたときから、なんと半年もあいだが開いてる！　自分でもびっくりですがちがうんです！　言い訳させて！（なんだかあたし、毎回あなたになんらかの言い訳をしてるみたい……）

「あなたのフランス語はほんとうに見苦しい。綴《つづ》りも間違っているし字も汚い。稚拙で優雅さのかけらもないレトリック。これがフランス王太子妃の書いたものだなんて……耐えがたい羞恥に震えが止まりません」

というつもに輪をかけて圧の強めな手紙がお母さまから届いて、しばらくヴェルモン神父から集中的にお習字&お修辞をならっていたので、こちらまで手がまわらなかったのです。書き物って集中力も削られるし、ほんと疲れるんだよね。

それにしても最近のお母さまの物言いはほんとないわーってかんじしない？　オーストリアにいたころはあたしを傷つけまいと飴《あめ》と鞭《むち》をたくみに使い分けていらしたけれど、これだけ距離があると強い言葉を用いなければ届かない気がするのかしらね。

「あなたの美しさはみんながいうほど大したものじゃありませんし、あなたには才能も知識もないのですから、せめてひかえめに愛想よくして、女の子らしくお淑《しと》やかにふるまうように。そうしていれば人々の愛情を得ることも難しくはないでしょう。女の子は愛されなければ意味がありませんからね」

こないだの手紙にはこんなことが書かれていました。なにこれ呪《のろ》いの書？　ってかんじだよね。お母さまはあたしのことを憎んでるのかな？

そのくせ、プロヴァンス伯に嫁いでいらしたサルディーニャ国サヴォワ家の王女マリー・ジョゼフィーヌについては、

「容姿もすぐれていなければ社交にも不慣れで、あなたとは比ぶべくもないお気の毒なご令嬢だと聞き及んでおります。おやさしいあなたのことですから、義妹に同情して甲《か》斐甲斐《いがい》しく面倒を見て差し上げることだろうと母は信じております。ただしくれぐれも

お世継ぎのことでは彼女に先を越されぬよう。あなたたちの結婚がいち早く成就《じょうじゅ》することをせつに願っております」

だってよ。我が母ながら、なんかほんと……すごいよね！　人としていろいろあれだよね！

またしても話が前後しちゃったけど、そうなんです、先月義弟のプロヴァンス伯が結婚したのです。あたしと王太子殿下の結婚式からちょうど一年後の、五月十四日に結婚式が執り行われました。祝典の規模や参列者の数はあたしたちのときのおよそ半分ほどで、王太子とただの王子とのあからさまなちがいを見せつけられて気分が良……じゃない、びっくりしてしまいました（；・∀・）　長いこと続いている財政難で昨年の結婚式の費用もまだ支払いが終わっていないと聞きますし、世知辛いとはこういうことを言うんでしょう。なにか一つでもちがっていたら、あのいけすかない義弟に嫁いでいたのはあたしだったのかもしれない、と思ったらなんだか神妙な気持ちになってしまいます。

お母さまの手紙にあったとおり新婦はお世辞にも美しいとは言いがたいのですが、みんなが噂するほど醜い容姿だとも思いません。ただちょっとだけ物腰にぎこちないところがあるせいで不作法に見えてしまうことがあるだけです（ウェディングドレスの背中がぱっくり開いているなんてこともちろんありません！）。式典のあいだじゅうそこかしこから新婦を笑う声が聞こえてきて、うわぁ、ないわ……ヴェルサイユしょんどい[66]

わ……という認識をさらに強めました。さいわいにもあたしはかわいく生まれたのでこのような誹《そし》りを受けたことはありませんが、彼らのいやしい忍び笑いを聞いているだけで胸がざわつき、「あたしが守って差しあげなくては」と妙な使命感までわいてきたほどです。デュ・バリー夫人が彼女を自分の党派に引き込もうと手ぐすねを引いているのも察知していたので、牽制《けんせい》のためにもあたし自ら立ちあがらねばならなかったのです。こっちの陣営に引き入れておいたほうが後々めんどうもなさそうですしね。

マリー・ジョゼフィーヌはひどく内気なお方で、四六時中大勢の出入りがあるヴェルサイユでの生活になかなかなじめないようでしたが、それにはあたしのお道化が大いに役立ってくれました。エレガンスの結晶のような美しく洗練された王太子妃に、最初のうちジョゼフィーヌは物怖《ものお》じしているようでしたが、必要以上にカジュアルにお道化た調子で話しかけていくうちに、ゆっくりとつぼみがほころんでいくように心を開いてくれたのです。やっぱギャップって大事だよね。気さくな美女とか、雨に濡《ぬ》れた仔猫《こねこ》を拾うヤンキーとか、厳格な教師のおちゃめな一面とか、みんなそういうのが大好きなんだから。

「昨晩は四度も励んでしまってね」

結婚後、ことあるごとにプロヴァンス伯は閨房《けいぼう》でのできごとをあけすけに語るように

(66)「しんどい」の意。

なり、ヴェルサイユに——というか主にあたしとメルシーに激震が走りましたが、義弟お得意のパフォーマンスだということはすぐに判明しました。

「殿下はああ仰っているけれど、夜になるとわたくしに背を向けてすぐお眠りになってしまわれます。このまま結婚が完遂しなかったら、わたくしはどうなってしまうのでしょう」

二人きりのときにこっそりマリー・ジョゼフィーヌが泣きついてきたのです。

「大丈夫、大丈夫だよ。プロヴァンス伯はまだお若いんだもの、そのうちきっとお務めを果たしてくれるわよ」

やさしく義妹の背中を撫《な》でながら、だれに言って聞かせてるのやら……とあたしは情けなくなってしまいました。

正直に言うと、二人の結婚が成就していないことを聞いて内心すごくほっとした。マリー・ジョゼフィーヌを慰めながら、けれどどうか彼女の結婚がうまくいかないようにと願ってもいた。

いつからあたしはこんないやしい人間になってしまったんだろう？（【ヒント】ヴェルサイユ）

一七七一年七月十一日（木）

昨日、あたしはついに屈してしまいました。

なにに？　なんだろう。フランスに？

悔しさに一晩中泣きはらしたせいで朝起きたら顔がぱんぱんにむくんでいて、はっ、と息を吐いたらそれがそのまま腑《ふぬ》抜けた笑いになりました。

「一大事です。このままでは外交問題に発展しかねませんぞ」

国王陛下から呼びつけられたというメルシーが血相を変えてやってきたのは昨日のお昼過ぎのことでした。

「マリー・アントワネットさまのデュ・バリー夫人へのご対応をこれ以上は見過ごせないと国王陛下がお怒りでございます。フランスとオーストリアの同盟にひびが入るやもしれません。マリー・アントワネットさま、どうかお願いです。たった一言で済むことなのです。マリー・アントワネットさまがたった一言、デュ・バリー夫人にお声をかけるだけで、両国の平和は保たれ、陛下もご満足されることでしょう」

カッチカチになったフランスパンで頭を叩かれたみたいな衝撃が走り、しばらくあたしはなんにも言えないでいました。

は?

はあ?

はあああああああああああ?

遅れてやってきたのは猛烈な怒りでした。

いまさらなにを言ってくれちゃってんのあのジジイ? 愛人が無視されたぐらいで二国間の同盟破棄をちらつかせてまで十五歳の孫娘の意気をくじこうとするなんざ、大人の、ましてや一国の主がすることじゃねえだろうよ。っざけんなよ、マジで。

あまりの怒りに燃えるように目が真っ赤になり、突き出た唇をぶるぶる震わせていると、メルシーはそれを子どもじみた癇癪《かんしゃく》だとでも思ったらしく、頭ごなしに脅しにかかってきました。

「どうか落ち着いてくださいませ。事はすでにマリー・アントワネットさまお一人の意志でどうこうできるものではなくなっているのです。すべてはお国のため、お母上のマリア・テレジアさまのため。現在オーストリアはポーランドの分割をめぐって非常な緊張を強いられております。ここでフランスに出てこられたら困るのです。余計な波風を立て、再び先のような戦争が起こることになれば、マリー・アントワネットさまもご無事ではいられませんぞ」

あたしはくやしくてくやしくて、バカにするなと怒鳴りちらしてやりたかったけど、一言でもなにか吐き出したらそのままわっと泣きだしてしまいそうで、唇を噛《か》んで堪《こら》えるしかありませんでした。一粒だけ頬を伝って涙が流れ落ち、まずいものでも見てしまったようにさっとメルシーは目をそらしました。この涙も、子どもっぽい悔し涙だとメルシーは思うのでしょうか。あたしは所詮オーストリアからフランスに献上された大人形《ラ・グランド・プペ》。気分次第でノンが言えるわけがないことぐらいわかってる。陛下がお望みであるならば従うしかほかに道がないことだって。

だからってこのやり口はないんじゃない？ こんな屈辱的なやり方がありますか？ デュ・バリー夫人に対するあたしの態度が気に入らないのであれば、陛下が直接注意なされば済む話ではないですか。わざわざ政治を持ち出すまでもないことです。意気地なしの卑怯者《ひきょうもの》。あたしの陛下への評価はその瞬間、地に落ちました。

だいたいメルシーもメルシーです。ショワズール公爵《こうしゃく》と二人でぶいぶいいわせていたときにはデュ・バリー夫人など鼻もひっかけていなかったくせに、ショワズール公爵がいなくなったとたん手のひらをかえしたようにへこへこしだし、挙句の果てには向こう側の手先になってあたしを操ろうとしているなんて！

大人ってほんときたない。

昨年末の「ショワズール事変」からこっち、オセロの石のようにパタパタとデュ・バリー党に寝返る者が続出してほとほと思い知らされていましたが、ここにきて「メルシー、お前もか」ってかんじです。立場上メルシーが苦しいところに置かれているのはわかるけど、でもなんかなんかなんかなんていうかなんか……おまえには矜持《きょうじ》がないのか、と問いたくなっちゃうよね。

　それにつけても年が明けてからのデュ・バリー夫人ときたら、わが世の春を謳歌《おうか》しまくって向かうところ敵なし状態です。ショワズール派の中枢《ちゅうすう》を担《にな》っていた殿方が次々と免職になり政界を追放され、これまでデュ・バリー夫人に真っ向から対抗していた貴婦人方もなんらかの制裁を受けて宮廷を去っていきました。いまでは各国大使が便宜をはかってもらおうとこぞってデュ・バリー夫人に謁見《えっけん》を申し入れ、ヨーロッパ中の王侯貴族から毎日のように金銀財宝の献上品が届けられます。

　スウェーデン王からダイヤモンドをちりばめた愛犬用の首輪を贈られたときなんて、「なんであの女ばっかり!」と叔母さま方はキーッとハンカチを嚙みしめてお怒りになっていました。犬の首輪ぐらいでなにをそんなむきになってんだろ、犬に服着せたり高価な装飾品を与えたりするのってプチブルっぽくない?　と冷めた目で見ていたあたしも、デュ・バリー夫人のもとにあたしが輿入《こしい》れしたときよりひとまわりもふたまわりも大きなベルリン馬車が届けられたときには、悔しさにハンカチを引き裂き、地団駄でヴェルサイユ宮殿の床を踏み抜いてしまいかねないほどでした。

もはやデュ・バリー夫人は、思い通りにならぬものなどこの世に存在しないという状態までのぼりつめようとしていました。ただひとつの例外を除いて。

朝の謁見でも、晩餐会《ばんさんかい》の席でも、公式の狩猟の際にも、あたしはまるでデュ・バリー夫人の姿だけ見えていないみたいにふるまい続けていました。国王陛下にとびきりの笑顔でおじぎをし、そのすぐ隣にいるデュ・バリー夫人にはちらとも視線をやらずに通り過ぎる。するとそのときだけ、場の空気がぶるんとうねるのがわかります。ここヴェルサイユに於《お》いて、女同士の争いほど最高の興行はありません。独裁者デュ・バリーの恐怖政治をおそれるあまり大っぴらに面白がるわけにはいかないけれど、みんな見たくてしかたがないのです。デュ・バリー夫人が恥をかくところを。あたしにはデュ・バリー夫人が見えていない、いないのだから、そのとき彼女がどんな表情でいるのか見たくとも見ることはできません。屈辱に歪《ゆが》んでいるのか、無理に笑顔を保とうとしてるのか、どんな表情をしていたとしてもあたしが満足することはないでしょうが。

そう、彼女に盾つこうとする人間が一掃されたあとでもあたしだけは初志を貫いていたのです。とかく長い物には巻かれがちなあたしにしてはよくやってるほうだと思わない？　つっても「なにがなんでもデュ・バリーを認めてやるものか！」という強い意志でそうしているのかっていうとちょっと違くて、そもそもなんとなくのノリでデュ・バリー夫人の対抗馬にまつりあげられただけで、よくよく考えてみたら彼女にはなんの恨みもないっていうか、いまさら引くに引けなくなった？　みたいなかんじっていうか……。

敢《あ》えていうなら、それこそ矜持、でしょうか。

この一件で、つくづくあたしはヴェルサイユという場所がいやになりました。昨日までショワズール公爵に揉《も》み手せんばかりにすり寄っていた者たちが、今日はデュ・バリー夫人のドレスの裾に接吻しようとすすんで頭《こうべ》をたれている。あなた、昨日までデュ・バリー夫人のこと糞ビッチ《クレアチュール》呼ばわりしてなかったっけ?!　あの女にひれ伏すぐらいならセーヌ川に身を投げて死ぬとまで言ってませんでした?!　あんたらには仁義っていうもんはないいんかねえ？　それとも「ヴェルサイユの死」を宣告されるぐらいなら、そんなもの捨てちまえとでも思ってるのかな？

あたしには無理です。あたしにはだってこれしかない、これしかないのです。誇りを捨ててしまったらあたしはあたしじゃなくなってしまう。いくらデュ・バリー夫人が強大な権力を持ったところで、王太子妃を宮殿から追放するだけの力はありません。誇りを守ること。幸いにもあたしにはそれが許されていました。オーストリア・ハプスブルク家の皇女として生まれ、フランスの王太子に嫁いだマリー・アントワネット・ジョゼフ・ジャンヌ・ド・ロレーヌ・ドートリシュとしてだけでなく、ショワズール公爵に仁義を切り宮殿を追われた人々のためにも、あたしだけは屈するわけにいかなかったのです。誇り高く咲き続ける最後の一輪、あたしこそがヴェルサイユのばらなのです。

　こんなもの？　ってときどき我に返ってびっくりすることがある。この国でいちばん身分の高い女性《ファーストレディ》に許されているのが、たったこれだけだなんて。女帝として君臨し続けてきたお母さまですら、「ひかえめに愛想よくして、女の子らしくお淑やかにふるまう」ことをあたしに求めている。ばかみたい。ヨーロッパ一幸福な妃だとだれもがあたしのことを呼ぶ。もしこれがほんとにヨーロッパ一の幸福なら、ほかの妃たちはいったいどんな悲惨な目に遭っているんだろうね。どちらにせよ、自分のほうがまだマシと思ってつらい日々をやりすごすなんて健全じゃない。「太陽の子」のあたしにはどだい無理な話です。

「元気がよくて勝気なのはいいことだが、いくらなんでも王太子妃は好き勝手になんでも口にしすぎやしないか。まだ若いからか、宮中の陰謀に巻き込まれ、内親王たちからいらぬことを吹き込まれても善悪の判断もつかぬようだ。これまでは大目に見ていたがどうも最近目に余る。宮廷の和を乱すような言動は慎むように貴殿から注意してはもらえないだろうか」

　そこへ、陛下からのこのお達しだもん。ヨーロッパ一の幸福とは……と思わず意識を宇宙に飛ばしそうになってしまったよね。

　ヨーロッパ一幸福な愛妾デュ・バリー夫人は涙ながらメルシーに訴えたそうです。

「わたくし、王太子妃殿下とお近づきになりたいって、はじめてお会いした時からずっと思っていたんです。わたくしたち、とっても仲良くなれるんじゃないかしらってそんな気がしていたの。オーストリアからいらした小さなお姫さま《プティット・プランセス》。わたくしはもう女の子って年でもないですが、すべての女の子が憧《あこが》れずにはいられないはずですわ。

なにかの行き違いがあったのか、妃殿下からはすっかり嫌われてしまって非常に残念でなりません。いつもわたくしの前を通りすぎるときだけ、つんと横を向いて行ってしまわれるお姿でさえ花のように愛らしくて思わず見とれてしまうほどです。いまさらお近づきになりたいなどとそんな大それたことを望んでいるわけではありません。ただ一言だけでいいのです。ただ一言、妃殿下にお声をかけていただければそれだけでわたくしの胸は幸福で張り裂けんばかりになるでしょう」

ドレスの胸元からこぼれんばかりになっている乳房の上に手を置いて、男好きのするとろんとまどろんだ目を向けられたら、さしものメルシーもイチコロです。

「マダムは本心からお話されているように見受けられました。マダムも仰っていたとおり、なにかちょっとしたボタンのかけちがいにすぎないと思うのです。彼女は出自こそ大っぴらにできるようなものではありませんが、とてもお優しく周囲の人間からの評判も高い。決して悪意から事を構えようとするお方ではないと思われます」

どこまで欲深い女なんだろう。あれだけ持っていればもう十分じゃないか。すべてを手に入れなければ気が済まないなんて、なんという強欲。その上おべっかを用い、この期《ご》に及んであたしの愛情まで得ようとしている。だれがくれてやるものか。あんな女にあたしの心は絶対にやらない。

「この国は、王太子妃に娼婦の靴を舐《な》めろというわけね」

あたしはもう屈辱に震えてもいなかったし、悔しさに涙を浮かべてもいませんでした。あきらめ。それだけがあたしの身を重たく沈めていきました。

「たった一言、声をかけるだけのことではないですか。たったそれだけのことが靴を舐めるということになるのであれば、これまでのマリー・アントワネットさまのデュ・バリー夫人に対する仕打ちは尖《とが》ったヒールでグサグサ顔を刺すようなものですよ」

心外だとばかりにメルシーは肩をすくめ、それから少し考え込むようにこめかみをおさえました。

「貧しい家に生まれた女に選択できる道はそう多くはありません。デュ・バリー夫人ほどの美貌《びぼう》に生まれたらなおさらです。金持ちの情婦になるか、娼婦になるか。でなければ飢えて死ぬだけです。彼女は自分にとって最善の道を選んだまでのこと。貧しい家に生まれたことも、美しく生まれついたことも罪ではありません。理解しろと言うつもりはありませんが、たとえ王太子妃であろうと、彼女の尊厳を傷つけていい道理はありません」

そこに歌手は含まれてないの？　といういやみが喉元《のどもと》まで出かかったけどやめておきました。メルシーがパリに囲っているという噂《うわさ》の恋人――ロザリーという名のオペラ歌手がどんな生まれかまでは知らなかったから。

「おや、もうこんな時間でしたか。声かけの段取りについてはまた相談するといたしましょう」

手元の銀時計に目を落とすと、メルシーはそれだけ言い残して部屋を後にしました。入れ違いにヴェルモン神父がやってきて聖書の一節を朗読しはじめたけど、それでなくとも普段から耳をすり抜けていくのに、こんな状況で頭に入ってくるわけがありません。

ねえ、マリア。貧しい家に生まれた女に道は多くないってメルシーは言ったけど、王族に生まれたからってそう変わりはないと思わない？　男に嫁ぐか、修道院に入るか、でなけりゃ宮殿の奥深くに閉じこもってつめたい石の女になるか。貴族だろうと平民だろうと女に生まれた時点で大差なんてない。

だとしたら、いまあたしたちを隔てているものはなんなんだろう？「女の敵は女」だなんていったいいつだれが決めたの？

一七七一年七月十五日（月）

あ――――けったくそわりぃ。マジやってらんねえ。いっそもっぺんグレたろか。積木くずし(67)たろか……と日々思いながら暮らしていますが、オーストリアを人質ならぬ国質にとられているいまそういうわけにもいかず、腹いせにできることといえば馬に乗って森を駆けるぐらいです。まわりの景色があっというまに後ろへ遠ざかり、深い緑色の風がこの身にまとわりついたいっさいを洗い流してくれる。あたしにとって我を忘れて没頭できる唯一《ゆいいつ》の遊びがこれなのです。一度死んで生まれ変わるみたいにみずみずしい血液が全身をかけめぐる。疲れなんてほとんど感じない。

昨年の夏からはじめた乗馬ですが、ロバ→ポニー→馬と出世魚のように順調に国王陛下からお許しが出て、いまでは毎日のように馬に乗っています。スタイルが悪くなる、肌の色が悪くなる、妊娠しづらくなる……とお母さまからの手紙には呪いのように乗馬のデメリットが書き連ねてありますが、

「まさかとんでもない！　フランス王太子妃がそんな大っぴらに乗馬などできるわけがないではないですか！　お母さまはあたしの言うことが信じられないのですか？」

(67) 不良少女を描き、ドラマ化、映画化もされた『積木くずし』（穂積隆信・著）にちなむ。

としらばっくれ、今日も何時間も外を駆けまわっていたので日焼けしてしまったようです。宮殿に戻りたくなくて、あとすこし、もうすこしだけ、とずるずる引き延ばしているうちに日が暮れてしまい、「もうこれ以上はなりません」と従者から止められてやっと引き上げてきました。夕闇《ゆうやみ》にまぎれてそのままどこかへ逃げ出しちゃってもよかったんだけど――ってできないけどね。できたとしてもすぐに見つかって連れ戻されるか、数日で野垂れ死にするかのどっちかだけどね（それはそれでロマンティック！）。

どうしてこんなやぶれかぶれになってるのかって？　よくぞ聞いてくれました。あたしってほんとわかりやすいよね。行動が気分に左右されるっていうか、そもそも気分しかないみたいな。天然気分一〇〇％みたいな。そのくせ「女の子ってそういうもんやし、しゃあないやん」とかわかったようなこと言うナンパ男には「はあ？　おめーになにがわかるんだよ」とイラッときちゃうお年頃。「どうしろっつーんだよ！」ってかんじだよね。うん、放っといて！　だけど適度に愛して♡　以上！

ごめんごめん、つい関西弁の仮想敵にむきになって話がそれちゃった。そうなんです、昨日あたしたちの計画が実行に移されたのです。その話をあなたにしたいと思ってたんだ。

日曜日の夕方、王太子妃の居室で開くのが習慣になっているカード遊びにデュ・バリー夫人を招き、さりげなく近づいていって声をかける。それがあらかじめメルシーと相談しておいた段取りでした。

この日を迎えるのがほんとにいやで、乗馬中に脱走を図ったり、当たり屋気分で消化の悪そうなものをモリ食いしたりしてたんだけど無駄でした。そういうときにかぎってなんのアクシデントも起こらずつつがなく当日がやってくるのってなんでなんだろう。もっとなんか、インターハイ前日にキャプテンが足を怪我《けが》したりとか、トゥシューズに画鋲《がびょう》とか、謎《なぞ》の巨大生物、東京湾に現る！　とかいろいろあってもよさそうなのに。

「おわかりですね、マリー・アントワネットさま、日曜日ですよ」

「おわかりですね、マリー・アントワネットさま、明日ですよ」

「おわかりですね、マリー・アントワネットさま、今日ですよ」

「おわかりですね、マリー・アントワネットさま、夕方のカードの席ですよ」

顔を合わせるたびにメルシーはこの調子なので、以下リマインダーと呼ぶことにします。

いよいよ迎えた夕刻、リマインダーが急《せ》かすのも無視して、あたしは0・5倍速のスローモーな動きで身づくろいをし、ジャスミンの香をたっぷりかぶってから、ゆっくりカードの席に出ていきました。部屋にはいつもの倍近くの上級貴族が集まり、今日これから起こることをすでに承知しているようでした。

この観衆の中で恥をさらさなければならないのか……。そう思っただけで足がすくみます。今日のことは叔母さま方にしか話してなかったのにいったいどこから漏れたのやら。大方デュ・バリー夫人とその取り巻き連中が喧伝《けんでん》してまわったのでしょう。ヴェルサイユの地獄耳にうんざりして部屋の中を見渡すと、いちばん奥まった場所に取り巻きをしたがえたデュ・バリー夫人が待ち構えているのが見えました。

なにが「悪意から事を構えようとするお方ではない」だよ。リマインダーのすかぽんたん！　あのポジショニング、見世物にする気まんまんじゃねえかよ！

胸にざらつきをおぼえながら、あたしは手前にいる貴婦人方から順に挨拶《あいさつ》をして奥に進んでいきました。天候のことや王太子殿下の体調（なぜか前の日からあたしの代わりに殿下が食あたりを起こして寝込んでいたのです）について話し、新しいドレスや髪形を褒めたり褒められたり、パリで話題の書物や演劇についての評判を聞き、そうしているあいだにも部屋中の視線があたしの動きにあわせて移動するのがわかります。いつもならすぐにも放り出して逃げたいほど退屈な会話の応酬でしたが、この日ほどこのたわいもない時間が永遠に続けばいいと思ったことはありません。無理に引き延ばしてみたところでせいぜい一人あたり一分やそこら、あんまりぐずぐずしているのもわざとらしくてみっともないですし、ぽんぽんとスタンプラリーのように順にこなしていき、あっというまにデュ・バリー夫人の番がやってきました。

先回りしてデュ・バリー夫人と談笑していたリマインダーにそっと近づいていって、

彼に話しかける形でそのままさりげなく会話に入り込む、というのがあたしたちの段取りでした。とにかくあたしはわざとらしいのだけはいやだったのです。ばかみたい。この一連の行為自体がこれ以上ないほどわざとらしいっていうのに。

「あら、リマイン……じゃなかったメルシー伯爵、ごきげんよう」

覚悟を決めて、あたしは大きく一歩を踏み出しました。メルシーが実にスマートに——ほんとうにわざとらしいぐらい自然にこちらをふりかえり、あたしを会話の輪の中に引き入れようとした、そのときでした。

「妃殿下、そろそろこちらを引き上げてわたくしたちの居室にまいりましょう。国王陛下をお迎えする時間ですよ」

強い力でアデライードさまに腕を引かれ、あたしは大きく後ずさりました。観衆からどよめきがあがり、「あ！」とメルシーの口が大きく開かれ、なにが起こったのかまだ理解していないデュ・バリー夫人がとろんとした目をこちらに向けています。えっ、ちょ、待っ、なに無理わかんない、えっ、待って、どうしよう、どうしよう、どうしよう。あたしは混乱して、わけがわからなくて、されるがままになってその場を早すり足で立ち去りました。

——なんて臨場感あふれる再現をしたところであなたには嘘《うそ》だってばれてるよね？　はい、そうです。混乱なんてしてませんでした。わけがわからなくなってもいませんでした。正直アデライードさまが割り込んできて「グッジョブ!」と心で親指を立てていました。

アデライードさまに連れ去られながらでも、「お先に失礼します」とかなんとか適当な言葉をかけることぐらいできたはずです。そんくらいの機転ならいくらでも利《き》かせられた。だけどあたしはそうしなかった。あれだけ綿密に打ち合わせしておいたのに直前になってCHABU台をひっくり返してしまったのです。その瞬間の気分に流されるままに。

「危機一髪といったところでしたわね」

「お姉さまも人が悪いわ、あんなギリギリまで粘るなんて」

「見てるこっちがハラハラしちゃったじゃない」

事をやり遂げた興奮で叔母さま方は頬をばら色に染めていましたが、いっしょになって喜ぶことはできませんでした。叔母さま方に拉致《らち》られるような形でカード遊びの場を抜け出し、ひと心地ついたところで、二の腕にいつかと同じ三日月の爪痕《つめあと》が残っていることに気づき、すっと火照《ほて》りが冷めてしまったのです。

どうしよう、と改めてあたしは思いました。大変なことをしでかしてしまった。遅れて実感がわいてきて、そしたらもう恐怖で震えが止まりません。あれだけ大勢の観衆が見守る中でこっぴどくコケにしたのです。このままデュ・バリー夫人が黙っているわけがありません。一瞬の安い勝利の陶酔はどこかへ遠ざかり、あたしはすでに明日が来ることを恐れていました。

「ご自分がなさったことの重要性をおわかりのようですね。もはや私からはなにも申し上げることはございません」

今朝方、あたしの居室を訪れたメルシーは青褪《あおざ》めた顔でそう言っていました。突き放すようなその言葉に、あたしは少なからずショックをおぼえました。あたしはメルシーに甘えていたのかもしれません。なにがあってもメルシーだけはあたしを見捨てないだろうと高をくくっていたのです。

「ごめんなさい」

本心から頭を下げましたが、

「陛下からの御沙汰《ごさた》を待ちましょう」

それだけ言って、メルシーはあたしに背を向け部屋を出ていきました。

陛下から沙汰が下るのを死刑囚のような気持ちで待っているのが耐えられなくて、それであたしは宮殿を抜け出し、一日中乗馬に明け暮れていたというわけです。じっとしてるとそのことばかり考えちゃうからよくないなって思うんだけど、動きまわって帰ってきたところでその事実が変わるわけでもなく……。

嵐《あらし》の前の静けさか、今日のヴェルサイユはいつもより人の出入りが少なく静まりかえっているように感じられます。明日から宮廷がコンピエーニュに移動するのでその影響もあるのでしょうか。できることならそのどさくさでみんな昨日のことを忘れてくれないかな……死にたみが深すぎて穴に潜っているうちに地球の裏側まで到達してしまいそうです。

こういうのあたしほんと苦手。どうせ殺《や》るならひとおもいに殺してほしい。いまのあたしにできることといったら、ラヴェンダーのローションで念入りに日焼けのお手入れをすることぐらいです。

この先、日記が更新されることがなければトワネットは死んだものとお考えください。いままでほんとうにありがとう。愛を込めて。アデュー……。

一七七一年九月三十日付け　マリア・テレジアからの手紙

愛《いと》しい娘へ

使いの者にあなたが相変わらず叔母さま方の言いなりになっていると聞きました。いいかげんに目を覚ましたらどうですか。あの方々は家族や世の人々から愛され敬われるためには努力や忍耐が必要だということをおわかりではないのです。このままではあなたもあの方々と同じ道を歩むことになってしまいかねません。母はそれをいちばん恐れています。どうかほんとうに信頼に足る人（だれのことだかおわかりですね？）の声だけを耳に入れるようにしてください。

七月のカード遊びでの一件も聞き及んでおります。にわかには信じがたいことでほとほと呆《あき》れてしまいましたが、事実は事実として受け入れなければなりません。どうしてただ一言「こんにちは」と声をかけるだけのことにそこまで抵抗を感じるのですか？　あなたのその仏頂面《ぶっちょうづら》はいったいだれのため？　私にはまるで理解できないことです。ほんの一言、その日の服装や天気の話をするだけのことではないですか！　なにをそんなに強情になっているのですか？

デュ・バリー夫人は国王陛下の特別なお引き立てがあって宮中に参内を許され、大事なお役目を担われているお方です。マダムをないがしろにするということは、陛下に唾《つば》を吐きかけるのと同じこと。陛下に対するひどい侮辱です。いますぐにでもあなたはデュ・バリー夫人に歩み寄り、陛下に対し敬愛と服従をしめさなければなりません。

もう一度、冷静になってよく考えてごらんなさい。どうしてこのような状況を招くことになったのか、そもそもの元凶を。ヴェルサイユに移ったばかりで、だれの影響も受けずにいたころのあなたはそれは見事にふるまっていたではないですか。それがいまやこの有様です。こんなことは考えたくもないことですが、デュ・バリー夫人を良く思っていらっしゃらない叔母さま方が、あなたを使い勝手のいい駒《こま》のようにけしかけているのだとしたら？　あなたは叔母さま方の家来ではないのですよ！　そんなことにも気づかずいつまでも言いなりになっているだなんて、なんと恥ずかしく愚かなことでしょう。叔母さま方から距離を置かなければ先に待っているのは破滅だけです。くだらない噂話とちっぽけな陰謀のために、あなたの人生は滅茶苦茶《めちゃくちゃ》にされるのです。私にはそれが見えるようです。

だからどうかメルシーの言うことをよく聞き、母の指示にしたがってください。だてに長く生きてはおりませんので、あなたよりは世の中のことを熟知しているつもりです。子どもたちのためなら我が身を犠牲にしてもかまわない、あなたの幸福のほかにはなにも望んではいないこの母のことをどうか信じてください。愛を込めて、キスを。

一七七二年一月一日（水）

ボナネー！

昨年はお世話になりました。今年もどうぞよろしくお願いします。

はいっ、というわけではじまりました一七七二年なんですけども、がんばっていかなあかんなっていうことで、今年の抱負とか発表しちゃう？　しちゃう？　実はもうあたしの今年のテーマは決まってるのです。ずばり「諸行無常《SGMJ》」です！　テッテレ〜♪　書き初めちゃう？　またしても粗相して筆からインクたらしちゃう？

——えっ、デジャヴュ？　ちがうちがうw　言っとくけど乱丁でもないから！　新潮社読者係に送り付けても交換できないんでそこんとこヨロシクだょ☆

そんなわけで今年もしれっと日記を再開しようとして自分からぶっちゃけちゃいました。堪《こら》え性《しょう》のない性格は十六歳になっても変わらないようです。ちなみに日付は元日になってるけど、これを書いている今日はすでに二十日です。通常営業ってやつですね！

元旦《がんたん》にあたしはようやく義務を果たしました。新年の挨拶に訪れた多くの廷臣の中にデュ・バリー夫人の顔もあり、そこで彼女に声をかけたのです。

「今日のヴェルサイユはたいへんな人ですこと」

そっぽを向いてほぼほぼひとり言みたいに、はっきりとだれに向けて言っているのだかわからないかんじに発した一言でしたが、それでも一言は一言としてカウントされたようです。

そのときのデュ・バリー夫人のほっとしたような顔がいまだに忘れられません。

勝ち誇った顔で嘲《あざけ》り笑うものだとばかり思っていたので、びっくりして思わず一瞬の間、彼女と見つめあってしまいました。スポンジから染《し》み出たシロップのようににじわりとその両目に涙が浮かぶのまで目《ま》の当たりにしてあたしはたじろぎました。これじゃまるであたしのほうが彼女を苛《いじ》めていたみたいではないですか！

「お、おお……アントワネットよ……」

しまいにゃ国王陛下まで涙ぐんですり寄ってくる始末。えっ、なに？　どういうこと？　陛下の大きな体に抱きすくめられ、あたしは茫然《ぼうぜん》と鏡の間の天井を見上げました。ふと熱い視線を感じてふりかえると、メルシーまでが神に祈るかのように手を組み、ふるふると瞳《ひとみ》を潤《うる》ませているではないですか！

七月のカード遊びのときと同じ轍《てつ》は踏むまいと、この日デュ・バリー夫人に声をかけることは極力伏せてあったので、その場に居合わせた人々はなにが起こったのかすぐにはわからないみたいでした。広間が一瞬静まりかえり、もしかしていまのって……つまりはそういうこと？　ざわりざわりと少しずつ伝言ゲームのように末端のほうまで新年一発目の大ニュースが広がっていきます。ついに王太子妃が陥落した——。

七月のCHABU台返しのときのような「内親王ｷﾀ——(ﾟ∀ﾟ)——!!」という盛りあがりはなく、一年半に及ぶこの滑稽《こっけい》な茶番劇のあっけない終幕にみなガン萎《な》えしている様子でした。喜んでいるのはほんの一部、デュ・バリー夫人の勝利に大金を賭《か》けていた者か、最初からあたしを嫌っていた排外主義の薄汚れた人間ぐらいでしょう。くだらない。

そのときになってようやくあたしは悟りました。たったこれだけのことにこだわっていたのか、と。信念を曲げてデュ・バリー夫人に話しかけたところで世界が終わるわけでもなし、それぐらいで傷つけられるほどあたしの誇りはやわじゃない。人々の話題にのぼるのもほんの一瞬のことでどうせみんなすぐに忘れてしまう。こんなのどうってこともない。どうってこともないのです！

もしかしたらあたしは大変な間違いを犯していたのかもしれません。デュ・バリー夫人の目に浮かんだ涙は、彼女には彼女の物語があるということを厳《おごそ》かに告げていました。

居心地の悪さに耐えかね、助けを求めるように叔母さま方に視線をやると、叔母さま方は素早くカーテンを引くようにあたしから目をそらしました。たちまちいやな予感が胸にわきおこります。そういえばコルセットの再着用を決めたときも叔母さま方だけは喜んでくださらなかった……っていうかそもそも最初にコルセットを脱ぐことになったのは叔母さま方の助言があったからだし、デュ・バリー夫人があたしを「赤毛のチビ」呼ばわりしていたというのも叔母さま方から聞いた話です。叔母さま方にだけこっそり打ち明けた話が翌日には宮殿中に知れ渡ってるなんてことも一度や二度じゃありません。あたしには知る由《よし》もありませんが、叔母さま方にも叔母さま方の物語があったということなのでしょうか。

「陛下、ちょ、はなして、ちょ……」

いつまでもしつこく孫嫁に頬ずりするエロジジイをふりほどき、あたしは自分から叔母さま方に近づいていきました。

「あの、叔母さま方、これには理由があるんです。あらかじめお伝えしておかなかったことは謝ります。叔母さま方を疑っているわけではありませんが、どこから情報が洩《も》れるかわからなかったものですから……。でもどうかご安心ください。この一度きりです。デュ・バリー夫人に屈したのは形だけのこと。もう二度とあの女と口をきくことはありませんわ」

すっかり白けた様子でいる叔母さま方をあたしは必死で引き止めました。窓の外では糸くずのような細雪《ささめゆき》が舞っていて、叔母さま方はついとそちらに目をひかれているようなふりをして、

「いやな天気ですこと。これでは散歩にも出られませんわね」

「大勢の人にあてられて新年早々疲れてしまいましたわ」

「お先に失礼させていただきましょう」

フランス王太子妃が跪《ひざまず》かんばかりに許しを請《こ》うているというのに、ちらともこちらを見ようとはせず早々に退席されてしまわれました。

――あなたは叔母さま方の家来ではないのですよ。

お母さまの手紙にあった痛烈な一文を思い出し、あたしはそれ以上追いかけることも

できずに遠ざかっていく背中を見送りました。

いろんな人から再三にわたって注意を受け、どこかで引っかかりをおぼえながらも、愚かなことにあたしはその瞬間まで叔母さま方を信じていたのです。いまだって叔母さま方への愛情がまったくなくなってしまったといったら嘘になります。どういうつもりだったとしても、叔母さま方の居室で過ごした時間が変わることはありません。ヴェルサイユの暮らしの中で、あたしにとってはあの一時だけが実家にいるように心から安らげる時間だったのです。だれもあたしから奪うことはできません。

お母さまが叔母さま方を悪《あ》しざまに書かれるのは、てっきり娘を奪われたことによる嫉妬《しっと》なのだと思っていました。ご自分の影響力が薄らいでいく一方で、近くにいる叔母さま方の影響がどんどん強くなっていくことを面白く思っていらっしゃらないのかと。あたしの心が叔母さま方に傾いていった理由のひとつに、お母さまへの反発があったことは否定できません。この世のすべてを知り尽くしたような顔をして、この世でいちばん自分が正しいと思われているお母さまに思い知らせてやりたかったのです。だってお母さまはオーストリアのことしか知らないじゃありませんか？　少なくともあたしはオーストリアとフランス、二つの国を見ています。あたしが知っていてお母さまの知らないことだってあるんです。

……いいえ、わかっています。いつだってお母さまは正しい。ええ、そうです。実際に叔母さま方はあたしに背を向けて行ってしまわれた。叔母さま方と距離を置くようにというお母さまの言いつけを聞くつもりなど毛頭ありませんでしたが、叔母さま方のほうから去っていってしまわれたのです。

元旦の一件から、どのタイミングで居室を訪問しても、なんやかんやと理由をつけて叔母さま方はあたしを追い出しにかかるようになりました。嫁いできた日にリボンをかけてうやうやしく捧《ささ》げられたあの鍵《かぎ》を使うことはもうないでしょう。さんざっぱらあたしを甘やかし、やさしく背中を撫《な》でてくれた三人の妖精《ようせい》はもうどこにもいません。いいですか。あなただけは間違えないでおいてちょうだい。この日、マリー・アントワネットはデュ・バリー夫人に負けたのではありません。マリア・テレジアにひれ伏したのです。

一七七二年四月二十三日（木）

ボンジュー、マリア。ごきげんいかが？

またずいぶんと日が空いてしまいました。元日のあの一件以来、なんだか憑《つ》き物が落ちたみたいに毎日をぼんやり過ごしていたら春になっていました。自分でもびっくりしています。

【問題】この空白の三ケ月のあいだにトワネットはなにをしていたか？
【答え】なにもしてない

ひーっ、がくぜんとしちゃう！　人生を無駄にしてるってこういうことを言うんだよね？　でも大丈夫っ♪　だってまだ若いもーん／(^o^)＼　これからいくらでも取り返せるよ！

あれからなにか変わったことといえば、国王陛下があたしの居室を毎日のように訪問してくださるようになったことでしょうか。かねてから陛下の訪問がないことをお母さまが気になさっていたので、すぐさまドヤァとばかりに報告の手紙を書いてやりました。

あなたはおかしいと思うかもしれないけど、お母さまを喜ばせたいという気持ちとお母さまに反発する気持ち、この二つはつねに同時に存在していてあたしを引き裂くのです。どっちもほんとうだし嘘じゃない。だから困ってる。

「お母さま、聞いてください！　元日の一件より陛下が毎日あたしの居室にいらしてくださるようになったのです。陛下はとてもお優しく、これまで以上に深い愛情をおしめしくださるようになりました」

ちぎれんばかりに尻尾《しっぽ》を振りながら、その直後に、
「一度はデュ・バリー夫人に声をかけましたが、金輪際《KRZ》そんなことは起こらないでしょう。義務は果たしました。こればかりはお母さまの命令でもきけません」
と叩《たた》きつける。そこに矛盾はないのです。まあ、お母さまに送りつける度胸はなくてその手紙は破棄しちゃったんだけど。

　大人になったらこんなアンビバレンツも消えてなくなるのかと思ってたけど、お母さまを見ているかぎりだとどうも無理っぽいね？　性的なことに潔癖で、あれほど淫《みだ》らな女を忌《い》み嫌っておきながら、愛妾《あいしょう》のデュ・バリー夫人にもっと積極的に話しかけなさいとしれっと命令する。できるだけ娘を政治的なことに関わらせたくないと言いながら、かねてよりプロイセン、ロシア、オーストリア三国のあいだで進められているポーランド分割をフランスに黙認してもらうために、国王陛下の機嫌を損なわないようにしろと居丈高にあたしに注文する。そのお母さまの血を継いでいるんだから、この先あたしも混沌《こんとん》を抱えて生きていくほかないのでしょう。

　元日の敗北により、宮廷での風当たりがさらに強くなるのではないかと心配していましたが、こちらは杞憂《きゆう》に終わりました。というのもあれ以来、デュ・バリー夫人が目に見えて殊勝な態度に出るようになったからです。宮殿内で顔を合わせるようなことがあれば、ほかの多くの廷臣たちと同じように「妃殿下に一言でも声をかけていただきた

い」という期待のこもった熱視線を送ってきて、目が合おうものならぱっとそこだけ花が開いたみたいに愛らしいとびきりの笑顔で応《こた》えるのです。もしあたしが男ならイチコロだったでしょう――いいえ、ほんとうのことをいえば、彼女があたしに向ける視線や表情、仕草のひとつひとつ、どれを取っても殿方に向けて使うお得意の「小悪魔テク」とはちがい、あどけなく率直で、脊髄《せきずい》反射で行っているようにも見え、それゆえ胸に迫るものがあるのです。

まさかあれが彼女のお道化だとも思えず（もしお道化だというなら、お道化者の看板を彼女に譲らねばなりません）、あたしはいま混乱しています。王太子妃を陥落させたことによりこれまで以上に威張りちらし、ヴェルサイユの女王のようにふるまってくれれば遠慮なく彼女を憎むことができたのに。

こないだなんて使いの者をよこし、「ダイヤモンドのイヤリングをプレゼントしたい」なんて申し出てきたんだよ！　どのイヤリングのことを言っているのだかすぐにぴんときて、顎《あご》が外れるほど驚いてしまいました。先日、宮廷に出入りしている宝石商のベーマーがそれは見事なイヤリングを見せてくれたのです。

「なにこのダイヤ！　めっちゃでかい！　めっちゃきれ〜〜〜い！」

どうして人は美しいものを見ると語彙《ごい》が死ぬのでしょう。一目であたしはそれを気に入りましたが、あいにくあたしのお小遣いでは買えっこありませんし、王太子妃のために用意されている年間の服飾費が軽く吹っ飛ぶ額なのでそちらをあてるわけにもいきません。王太子妃が着たきりスズメってわけにもいかないしね。

「こんなの見せるなんてひどい。しばらく夢にみちゃいそう。ベーマーのばかあほおたんこなす！」

あたしのあざといお道化にその場にいた一同が声をそろえて笑いました。

王太子妃が涎《よだれ》をたらさんばかりにイヤリングに見入っていたという噂をデュ・バリー夫人はどこかで聞きつけたんだろうね。

「もしよろしければ陛下にお願いして、妃殿下にプレゼントしてもらえるよう取り計らいましょう」

mjk(68)

って思ったよね！！！

「け、けっこうです。ダ、ダイヤモンドは……もうたくさん……うっ、輿入《こしい》れの際に母に持たされて、たくさんありますから……」

どんな思いであたしがそれを断ったかわかる？　歯ぐきから血が出そうなほど歯を食いしばり、突き出た下唇をぎゅっと噛《か》み、腕の内側に爪を立て……ああっ、いま思い出してもつらい！　手に入れるのは無理だとあきらめていたものをこんな形で鼻先にちらつかされるだなんて、なんてひどい悪魔の所業でしょう。三日三晩夢に見ちゃったじゃんよ！

いくら叔母さま方に乗せられて敵対していただけとはいえ、いまさらどのツラさげてデュ・バリー夫人と仲良くしろっていうの？　それもダイヤモンドに目がくらんで……なんて知られでもしたら、その日のうちに宮廷醜聞《ゴシップ》のトップニュースに躍り出ることは目に見えてる。王太子妃が買収されるわけにはいかないのです。それになによりこの申し出を受け入れてしまったらお母さまの思惑通りになってしまう。それだけは避けねばなりません。

それにしてもデュ・バリー夫人はいったいどういうつもりなんだろう。それぐらいのこと、ちょっと考えればわかりそうなもんなのに、まさかあたしをおちょくってるわけじゃないよね？

「わたくしには、マダムのお気持ちがわかる気がしますわ」

と言ったのはランバル公妃でした。

「女が一人で生きていくのは難しいことです。わたくしも夫を亡《な》くしたときはそれは不安でした。明日からどうなってしまうのだろうということばかりに気を取られて、夫の死を悲しんでいる余裕もなかったほどです。国王陛下はすでにご高齢ですし、ましてやデュ・バリー夫人は正式な妻ではなく愛妾。ひどく危うい足場の上に立っておられる自

(68)「マジか」の意。

覚がおありなのでしょう。マダムの栄華は陛下のご健康に大きく左右されるのです。あれだけ国民の怒りを買いながら改めることなく贅沢《ぜいたく》ざんまいしているのですから、最悪の場合監獄《バスティーユ》送りの可能性もあるかもしれません。運よく宮殿に残ることを許されたとしても、いまおそばに仕えている者たちはマダムではなく陛下に取り入ろうとしているだけのこと。後ろ盾をなくしたマダムに用はございません。その上、妃殿下のご不興を買っておられるとあっては、さぞみじめな思いをなさることでしょう。なにより彼女はそれを恐れているのですわ」

いつも無口なランバル公妃にしてはめずらしく、つらつらとなめらかにお話しされるので思わず聞き入ってしまいました。

「ふうん、それであたしに取り入ろうとしてるんだ。それならちょっとわかる気がする……」

口ではそう言いながら、なにか腑《ふ》に落ちないものをあたしは感じていました。うまく説明できる気がしなくてランバル公妃には黙っておきましたが。

デュ・バリー夫人が保身のためにあたしにダイヤモンドを贈ろうとしたのはまちがいないと思います。だったら元日に彼女の目に浮かんだ涙はどこからやってきたのでしょう？　彼女があたしにだけ見せる花のほころぶような笑顔は？　もしかしたら彼女もあたしやお母さまと同じように、矛盾や混沌を内に秘めているのかもしれません。そう考えたら少しは納得できる気がします。

いまのあたしのデュ・バリー夫人に対する素直な気持ちを言うなら、「すぐにでもヴェルサイユを追放されてほしい」です。宮殿内で彼女の姿を見かけると胸がざわつくのです。これ以上あたしの心をかき乱さないでほしい。彼女の笑顔を目にすると思わずほほえみかえしてしまいそうになる。駆けよって彼女の手を握ってしまいたくなる。だから早く目の前から消え去ってほしい。

これじゃまるで王太子殿下があたしに言ったこととおんなじじゃんね？　ちがうちがうちがうこれは一時の気の迷いです。愛情のはけ口が見つかっていないせいです。叔母さま方が去ってしまわれ、胸にぽかんと空いた大きな穴にデュ・バリー夫人が忍び込もうとしているだけです。だれでもいいんです。年上のやさしそうなマダムならだれでも。

一七七二年七月四日（土）

うれしいニュースが届きました！　ヴェルサイユではうれしいニュースなんてめったにないのであたしはいまとってもとってもとってもうれしいです！

ナポリに嫁いだあたしのすぐ上の姉マリア・カロリーナが、ひと月ほど前に第一子を出産したのだそうです。残念ながら女の子でしたが、お母さまの名前をとってマリーア・テレーザと名付けられたそうです。うちのきょうだいはみんながみんな第一王女にお母さまの名前をつけがちで接待乙ってかんじなんですが、おそらくあたしに女の子が生まれたとしてもそうすることでしょう。ああ、そうするさ！　っていうかその前にやること（ry

こういうときにつらいなと思うのは、マリア・カロリーナもお母さまもあたしに気を遣ってか、あたしに宛《あ》てた手紙で大っぴらに喜びをしめせないでいることです。そりゃあ羨《うらや》ましいとは思うけどそんな気を遣ってもらわなきゃいけないことかな。なんだかみじめな気持ちになっちゃうし、あたしのこと見くびってんの？　と思ってがっかりしちゃう。マリア・カロリーナの幸福を喜びこそすれ、妬《ねた》んだりするわけないのに！

王太子殿下とはあいかわらず何もなしな夜が続いていますが、このところ殿下は頻繁にあたしの寝室を訪れ、夜は同じベッドで眠ります。手さえ握らずどこまでも平行線で――それはもう冷凍マグロかよってぐらいぴんとまっすぐの姿勢で――きよらかに眠るだけですが、それでもあたしは満足です。

一連のデュ・バリー夫人や叔母さま方とのあれこれについて殿下はいっさいなにも仰《おっしゃ》ろうとしないので、こちらもわざわざ話題に出すことはありません。女のいやな部分はできるだけ見せないようにして、きれいでかわいいところだけお見せするようつとめているのです。夫婦だからといってなにもかも共有すべきとは思いませんし、あたしのほうはそれでまったくかまわないのですが、ふたりきりでいると話題がなくて沈黙が続いてしまうことだけが困りものです。

「いいお天気ですわね」

「そうだね」

「こう陽射《ひざ》しが強いとお散歩にも出かけられませんわね」

「そうだね」

「そろそろコンピエーニュに移る時期ですわね」

「そうだね」

はっきり言って会話する気ゼロだよね?!　こっちがどんだけ話をふってもこれだよ？まあクソみたいにどうでもいい話題しか提供できないこっちにも問題があるんだけど、下手なことを言って自担に幻滅されたくない(V_∧)っていうこの乙女心わかってもらえないかな？　ほら、あんまりエッジのきいたこと言ったりするとモテないって言うじゃん？　いったん「面白い女」認定食らうとそのまま圏外にされちゃうって言うじゃん？　まあ懐《ふところ》が深く聡明《そうめい》な殿下のことですからそんな数多《あまた》のくだらない殿方と同じ物差しで女性をジャッジするとは思えないですけど／／／／／

これまでは叔母さま方があいだに入ってあたしたちの隙間《すきま》を埋めてくださっていまし

たが、いざふたりきりにさせられると共通の話題がまったく存在しないことに衝撃を受けました。これではさすがにまずいと最近ヴェルモン神父に手伝ってもらって殿下のお好きなヒュームの歴史書などを読み進めてはいるのですが、文字を追ってるだけで眠たくなっちゃうし、錠前づくりをはじめとする機械いじりにもまったく興味が持てないますです。殿下のほうでもあたしが得意とする宮廷醜聞《ゴシップ》など耳にも入れたくないみたいですし、ファッションにも疎《うと》ければ花の名前もばらぐらいしかご存知ない様子。

おたがいを憎からず思っていて、できれば距離を詰めたいとおたがいに思っているのに詰めかたがわからない。ならもういっそ手っ取り早くハメ……じゃなかった、えっと、もどかしいよね？　年速五センチメートルときめきレモン果汁一〇〇%ってかんじだよね？？？

叔母さま方と疎遠《そえん》になった代わりに、最近では義弟二人とその妃《きさき》マリー・ジョゼフィーヌ、それから義妹のエリザベトとともに過ごすことが増えました。プロヴァンス伯夫妻の居室で食事をとり、みんなで狩りに出かけたりお芝居のまねごとをしたり、それぞれ得意の楽器を持ち寄って演奏会をしたり。

前にもちらっとお話ししたとおり、兄弟はみなそれぞれに個性が強く、時々ぶつかりあうこともありますが（いつも穏やかな王太子殿下ですら弟相手だとむきになってしまうのだから兄弟っていうのはほんとに不思議なものです）、そういうときには決まってあたしがあいだに入って彼らの仲を取り持ちます。

「なんだかまるでマリー・アントワネットさまがいちばん上のお姉さまみたい」

エリザベトがそう言って笑い、つられてみんなも笑い出す。その声がやわらかくあたしの郷愁をかきたてる。そんなふうにしていると、どうしたってマリア・カロリーナや弟たちとじゃれあって暮らしていたシェーンブルンでの日々を思い出さずにはいられません。あの美しく幸福だった子どもの時間を。

ヴェルサイユにやってきてから、いまがいちばんのびのびと暮らしている気がします。どんな陰謀であれ噂話《うわさ》であれ、この陽だまりの箱庭に影を落とすことはできません。裸足《はだし》になってアングレーズを踊るあたしとアルトワ伯にシニカルな微笑を浮かべるプロヴァンス伯、くすくす、くすくす、マリー・ジョゼフィーヌとエリザベトの笑い声が風に乗ってヴェルサイユを飛びまわり、この一瞬一瞬を切り取るように殿下がまばたきをくりかえします。

どうしてだれもがこんなふうでいられないのでしょう。このごろ、折にふれそう思わずにはいられません。男も女もなく、派閥も身分も飛び越えて、こんなふうにみんなでひとつの大きな家族みたいに暮らしていけたらいいのに。

いつかデュ・バリー夫人がメルシーに語ったとおり、出会い方さえまちがえていなければあたしたちは打ちとけて親友になれたのかもしれません。彼女だけじゃない。叔母さま方もランバル公妃もグラモン公妃もノワイユ伯爵《はくしゃく》夫人まで！　女が一人で生きていくのが難しいならみんなで生きればいいだけの話です。ヴェルサイユの貴婦人方が尊重しあい、そっと助けあい、エチケットなんて気にせず大口開けて転げまわるように笑って……そんなふうに暮らしていけたらどんなにすてきだろう。窮屈なコルセットも重たい要塞《ようさい》のようなパニエも脱ぎ捨てて、農村の娘たちが着ているようなリネンの質素な服を着て、裸足で運河の水をかき、ヴェネツィア風の制服を着た美しくエキゾチックなゴンドリエーレ(69)に手を振れば、乱反射する水辺の光が女たちの笑顔をさらにまばゆく輝かせる。

空気の読めないノワイユ伯爵夫人はそれでもなお「みなさん、笑うときは声をあげずに扇子で口元をお隠しになって！」と大騒ぎするだろうけど、「出たよ、マダム・エチケットｗ」「意識高いｗｗｗ」とみんなで彼女の個性をおもしろがって慈《いつく》しむのです。ランバル公妃が些細《ささい》なことでめそめそしていればすぐに飛んでいって笑わせてあげたいし、グラモン公妃がイキッていればぽんぽん肩を叩いてお茶でもいかが《ヴレヴ・デュ・テ》？

矛盾と混沌を内に秘めた凸凹《でこぼこ》だらけの偏《かたよ》った女たち。ヴェルサイユに咲き誇るいろとりどりの花。毒やトゲがあるのもいれば、薬になるのもいい香りがするのもいる。不格好なのも萎《しお》れてるのも、らんまんと咲き誇っているのもつぼみもいる。どんな花でも花は花。あたしは大好き。大好きなの……。

うーん、なんだかエモく(70)なってきちゃったから今日の日記はこのへんで。正気のときにまたお会いしましょう〜XOXO(71)

一七七三年二月十五日（月）

パリ最高！　フ――――――ッ！

聞いて聞いて！　先週の木曜日にはじめてお忍びでパリに行ってきたんです！　興奮さめやらずアゲアゲテンションマックス⤴⤴⤴でごめんあそばせ。花の都パリ☆.。.:*・女の子の憧《あこが》れパリ☆.。.:*・世界でいちばん美しい街パリ☆.。.:*・パリ最高かよ。ごめんなさい、いまバッキバキにキマりまくっちゃって(72)て語尾に「パリ最高かよ」をつけないとおさまらないんですパリ最高かよ。

陛下から許可をいただいて、あたしと殿下、プロヴァンス伯夫妻でパリのオペラ座の

(69) ゴンドラの漕ぎ手。　(70) 切ない、寂しい、懐かしい、など広く「感情的になる」ことを表す。
(71)「ハグ&キス」の意。　(72)「精神が高揚する」の意。

舞踏会に忍び込んだのですが、絶対にだれにもバレないようにしなきゃいけないっていうんで全員仮面をつけていったんだけど瞬殺でした。あっというまに周りを囲まれちゃってダンスを楽しむ余裕もありませんでした。仮面ぐらいでは隠し切れないロイヤルオーラが滲《にじ》み出ちゃったかな？？？

ほんの短い時間だったけど、「王太子妃」という着ぐるみを脱いで自由にふるまえたあの解放感といったら！　パリ最高かよ！　ヴェルサイユを支配する堅苦しい空気や厳格なしきたりなどあそこには存在しません。パリには自由な風が吹いてる。前時代の遺物のような古い舞踏曲ばかりかかる退屈な宮廷の舞踏会とはちがって、ヨーロッパの最先端ダンスナンバーが次々にフロアを鳴らすと、DJならぬ楽団にフ――――ッ！　ドープ(73)な選曲にテンション爆上がり⤴⤴⤴　パリに出会えたこの奇跡に感謝🙏オーストリア生まれバロック音楽育ち王家のやつはだいたい友だち、もはやパリは俺の町みたいなかんじ♪　あのまま王太子妃であることがバレないでいたらフロアの真ん中を陣取ってフ――――ッ！　夜通し踊り続けていたにちがいありません

パリ最高かよ！！！

身バレしてからもなんやかんやとVIP席に居座り続け、宮殿に戻ったのは朝の七時でした。はじめての朝帰りってやつです。疲れと眠気で体が重いのに頭だけは冴《さ》えていて胸のどきどきが止まらない。夜から朝にかけて少しずつ色を変えていく空の下、まだ

眠りの真《ま》っ只中《ただなか》にいるヴェルサイユ宮殿が見えてくると、あんなに窮屈だと思っていたはずなのになぜかほっとしてしまったのが不思議でした。ふわふわと宙に浮いているみたいに心もとなかったのが、ようやっと着地できたってかんじ。魔法がとけた瞬間のシンデレラもひょっとするとこんな気持ちだったのかもしれません。

お忍びのパリも朝帰りもなにもかもがはじめてのことで興奮しましたが、なによりうれしかったのは王太子殿下が終始あたしのとなりで笑っていらしたことです。てっきり殿下は外出をいやがって「君たちだけで行ってくれれば？」なんて仰るかと思っていたから。

「大丈夫ですか、殿下？」

「あたしはめっちゃ楽しいんですけど、殿下は楽しんでいらっしゃいますか？」

「帰りたくなったらすぐ仰ってくださいね」

オペラ座にいるあいだしきりに殿下の顔色をうかがうあたしに、「いやだったら最初から来ていない」「君が楽しんでる姿を見られるだけで私は満足だ」とそのたび殿下は笑って答えてくださいました。ク――――――ッ！　パリ最高かよ！！！！！

(73)「ヤバい」の意。

一七七三年六月八日（火）

パリ最高！　フ――――――――――ッ！

一七七三年六月十六日（水）

パリ最高！　フ――――――――――ッ！

一七七三年六月二十三日（水）

パリ最高！　フ――――――――――ッ！

一七七三年六月三十日（水）

パリ最高！　フ――――ッ！

一七七三年七月三日（土）

パリ最高！　フ――――ッ！

今日もコピペで日記を締めようかと思いましたがいいかげん怒られそうなのでやめます。率直に魂の叫びをしたためたらこうなっちゃったってだけで、決して行数稼ぎにやってるわけじゃないから！　ほんとだから！　小説誌に載るならまだしも日記で行数稼ぐとか意味ないし！

このところ立て続けにパリを訪れ、すっかりパリに魅了されてしまいました。二月の時点で君にムチュウ☆　ってかんじでガンギマリでしたが、決定打となったのは六月八日に行われた初の公式訪問かもしれません。陛下からお許しをもらい、かねてからの念願かなって公式に夫婦でパリを訪れることになったのです。

雲ひとつなく晴れわたった空の下、喇叭《らっぱ》の音が鳴り響き、祝砲が無数に撃たれ、あたしたちを乗せた馬車がパリ市中に入っていくと、沿道を埋め尽くす群衆から大きな歓声があがりました。アパルトマンの窓という窓から住人が顔を出し、「熱烈歓迎」の旗を振る人もいれば花びらを散らす人もいます。混乱が生じないように、どうか民衆を手荒に扱ったりしないようにとくりかえし衛兵にお願いした甲斐《かい》あってか、この日は一人も怪我人《けがにん》が出なかったようでほっとしています。

チュイルリー宮殿のバルコニーから眼下に集まった民衆を眺め、その熱気にあっけに取られていると、

「王太子殿下がお気を悪くされないことを願いますが、ここにいる二十万人の民衆はみな妃殿下に恋をしているのです」

パリ市長のブリサック元帥《げんすい》がちゃめっけたっぷりにそんなことを言いました。

「それは聞き捨てならないな」

と殿下が眉《まゆ》をつりあげて笑い、

「祝祭の場ゆえ口が滑りましたかな。お二人を心から愛するこの善良な民衆《ボン・プープル》に免じてお許しください」

とブリサック元帥が応じます。

冗談とはいえこんな台詞《せりふ》を殿下から引き出すなんて「ブリサック元帥グッジョブ👍」としか言いようがありません。あたしに権限さえあればボーナスを支給してあげたのに……。

オーストリアからやってきたお人形のように愛らしい王太子妃の姿を一目でも見たいとパリ中から集まってきた人たちを前に、あたしはこれまで経験したことのないような多幸感に包まれていました。ここにいる名前も知らない人たちすべてが、まばたきするのも惜しむかのように一心にあたしを見つめている。祈りを捧げるように胸の前で手を組む者もいれば、ぐしゃぐしゃに泣き濡《ぬ》れている者までいます。「おお、王太子妃殿下……なんてお美しいんでしょう……」ため息の音まで聞こえてきそうです。

直前まで実はあたし、すこしビビッてたんです。長年の敵国だったオーストリアからやってきた王太子妃をよく思わない人だっているんじゃないだろうか。国民のことなどかえりみず、愛妾と自堕落な生活にふける国王の人気は落ちるところまで落ちたと聞いています。そんなところに王家の人間があらわれたら、石を投げられたりしやしないだろうか、と。

「マリー・アントワネットさまはいわばオーストリアとの和平の象徴です。若いお二人の仲睦《むつ》まじいお姿を目《ま》のあたりにした市民はフランスの未来に希望を持たずにはいられないでしょう。彼らは切望しているのです。新しい時代がやってくることを！」

輝かんばかりの初夏の陽射しの下、彼らが放り投げた帽子が無数に飛び交うのを見下ろし、あたしは泣いてしまいそうになりました。粗末に見えるけどあれがおそらく彼らのいっちょうらなのでしょう。パリの市民は過酷な税金に苦しみ、明日のパンにも困るような生活を強いられていると聞きました。日常の憂《う》さを一瞬でも忘れ、可憐《かれん》な王太子妃の姿に熱狂してくれているのだとしたらこんなにうれしいことはありません。これこそ王太子妃たるあたしのつとめなのでしょう。殿下に声をかけたり、殿下があたしの肩に触れたり、そんなちょっとしたことでもいちいち見逃さずに観衆が沸くのでだんだん面白くなってきちゃって、つい変顔したり変なポーズを取ったりしたくなりましたが、そうでした、あたし王太子妃なんでしたとハッとしてなんとか堪《こら》えました。

殿下もご立派におつとめを果たしていましたが、やはり注目を集めるのは苦手なご様子で終始ひかえめにしていらっしゃいました。あたしぐらいハートが強くなってくるとこの程度の塩対応にはびくともしませんが、なんせこの日ははじめての公式なパリ訪問。お忍びとはわけがちがうのです。「ウィンクして」「投げキッスして」とまでは言いませんが（そんなの妻のあたしですらしてもらったことないのに！）、せめてお手振りぐらいのファンサがあってもいいのではないでしょうか。群衆からの熱波に気圧《けお》されてしまっていたのかもしれませんが。

せめてあたしぐらいは愛想よくせねばとフォローのつもりで過剰なファンサをしてい

たら、それを後になってメルシーは「マリー・アントワネットさまに向けられた歓声のほうが大きかった」などとあちこちで自慢していたようです。えー……決してそんなことないと思うんですけどぉ（苦笑）。身びいきもここまでくるとドン引きしてしまいます。他メンより自担のほうが人気あるとか言いたがる火力強めの盲目オタかっつーの。マジで恥ずかしいからやめてくんないかな？

その後ぜひにと請われ、毎週のようにオペラ座やコメディ・フランセーズなどパリの劇場を訪れたのですが、そこでもあたしたちは熱烈な歓迎を受けました。終演後、桟敷《さじき》席で立ち上がって拍手をはじめたあたしに最初はみんなぎょっとしていたようでした。フランスでは高貴な身分の者が自分より下層の音楽家に拍手を送ることはマナー違反とされているからです。

はい出ました謎《なぞ》のフランスルール！　マジで信じられない！　素晴らしい演奏に心の赴くまま拍手を送ることができないなんて！　まあそんなのおかまいなしに拍手し続けたったんですけど。するとそれにつられるようにぱらぱら拍手が起こりはじめ、やがては割れんばかりに劇場を満たしました。

桟敷席で満場の拍手を聞きながら、自分に向けられたものでもないのにあたしはうっとりと酔っていました。あそこにいた人たちのことをあたしは知らないし、向こうだっ

(74)（アイドルグループなどの）他のメンバー。

て本当の意味ではあたしのことを知らないのに、相思相愛にでもなった気でいたのです。いけない、かんちがいしてしまう。こんなにたやすく彼らの愛が手に入っていいはずない。ヴェルサイユでも完敗だったし、夫の愛すらまだ完全には手に入れられていないのに、パリの市民がこんなにちょろいわけがない。そう直感が告げているのに、あたしはすでにこの快楽のとりこになっていました。あたしはよく手入れされた庭園に咲くヴェルサイユのばらではなく、パリの窓辺にいきいきと咲くゼラニウムだったんだわ、と思い込んでしまうほどに。

「国王陛下万歳！　王太子殿下万歳！　マリー・アントワネットさま万歳！」

パリ万歳！！！！

あたし、いますごくしあわせです。

こわいぐらいにしあわせです。

一七七三年七月十七日（土）

あーもう無理！　パリ行きたすぎ！　コンピエーニュにやってきて何日か経《た》ちますが、すでに禁断症状がはじまってます。あと一ヶ月もここでじっとしてすごさなければいけないなんて考えただけでじりじりしちゃう。しばらく馬にも乗れないし、コンピエーニュまで来て狩りにも出られないなんてマヂ病み……ってかんじ。何度でも言うけどとにかくあたしは退屈が大嫌い！！！なんです！！！！

えっ、なんで馬に乗れないんだって？　それ聞いちゃう？　やだ聞いちゃうのぉ～？えーっ、どうしよっかなあ～？

——待って？　行かないで？？　もったいぶってすいません、聞いてくださいお願いします、むしろこの話するためにあなたに会いに来ましたごめんなさい。

実はその……えっと、え、やだな、いざ話すとなるとどう言ったもんか困っちゃう……恥ずかしくってあたしの口からはとても言えなーい//////

——ねえ、待って？　行かないで？？？　言うます言うますからおねがい行かないでってば！！！！

そのですね、あの、なんていうか、ついにあたしの結婚が成就《じょうじゅ》した？　みたいなかんじ？　っぽいのです。お母さまへのお手紙には「愛するママにだけ打ち明ける」と書きましたが、あなたにも打ち明けちゃいまぁす♡　えっ、なに、ちょ、それkwskとか無理だし！　さすがにそこまでは言えるわけないいじゃん！　そこをなんとかって……えーっ？

これまでの話の流れからするとずいぶん急展開のように思われるかもしれませんが、実は二月にお忍びでパリに出かけてからというもの、殿下の態度が急に変わってきたのです。妙に積極的になり、殿下のほうから手をつないできたり、寒い夜にはくっつきあって眠ったりもしていました。それ以上のことも……ここにはとても書けませんが、その……いろいろと////　仮面舞踏会でほかの男性と楽しげにしゃべっているあたしを見て嫉妬《しっと》に駆られたのではないか、というのがランバル公妃の見立てなのですが、だったらとてもうれしい////　それに加えて先日のパリ訪問で、ようやく王太子としての自覚と自負が身についたのかもしれません。

あなたにこれまで黙っていたのは、なにせあまりの急展開なもんだから自分でも整理がついてなかったっていうか、もしかして夢なんじゃないかと疑っていたぐらいなんです。だけど、こないだのあれは夢ではありませんでした。殿下に触れられるとふわふわと夢見心地でパリにいるときと同じように体が宙に浮いているかんじがするのですが、あのときのあれは本物だったと確信を持って言うことができます。なぜならとても……

それはそれはものすごぉぉぉく……痛かったからです。殿下があたしの中に……おっとさすがにこれ以上は言えません。そんなポルノ小説じゃないんだから！　なにを言わせるのよもう！　朝起きてから確認したところ、ちゃんとおしるしもありました。ただひとつだけ気になっているのは、その状態――つまりはえっとその、体が完璧《かんぺき》に結ばれた状態というのか、それが、ほんの一瞬だったことです。殿下は一度行って帰っただけでおしまいにされてしまわれました。そんなものなのでしょうか？　今度そのへんのところをランバル公妃にくわしく聞いてみようと思います。

とにかくいまは、やっと一歩を踏み出せたという安堵《あんど》の気持ちが大きいです。「やる気そぎ子」とあたしを笑っていたやつを見返すためにも大声で喧伝《けんでん》してまわりたいところですが、せっかくいいかんじになっているところへ殿下のやる気をそぐような真似《まね》をしてしまったらそれこそ「やる気そぎ子」です。いつまでも汚名を返上できません。いらぬ波風はたてぬよう、そっとしておくのが賢明です。二、三日中には国王陛下にご報告しにいくつもりなので、放っておいてもそのうち知れ渡るでしょうしね。いまこのタイミングで乗馬なんかしたら、「母体に問題があるから子ができない」なんてまたいらぬ中傷を生むだけなので、それでいまは乗馬をお休みしてるんです。あーあ、王太子妃はつらいよっ。

……ここからはほんとうにあなただけにお話しすることですが、正直に言うと、子どもがすぐにできてしまうのはちょっとだけ惜しい気がしています。こんなことほんとにぜったいだれにも言えないんだけど！　この十一月にはアルトワ伯の結婚も控えてるし（なんと、お相手はマリー・ジョゼフィーヌの妹君ですって！　兄弟と姉妹で婚姻を結ぶなんてＯＭＧ[75]！）、万が一彼らのあいだに先に子どもができるようなことがあったらお母さまもメルシーも憤死しかねないじゃん？　それでもあたしの心が求めてる。このままもうしばらく子どもの時間に留まっていたいと。せっかくパリという魅惑の楽しみをおぼえたばかりなのに。ようやく馬を乗りこなせるようになってきたところだったのに。あともうすこし、もうすこしぐらい遊んでいたい、青春を味わい尽くしたいと思うのはいけないことなのかな？……うん、いけないことだよね。わかってる。あたしはフランス王太子妃、お世継ぎ誕生は国事にかかわること。そんなことは百も承知の上でそれでもなお言ってるんだとしたら？　よけいにたちが悪い？

　ここでもまたあたしは二つに引き裂かれているようです。殿下とほんとうの夫婦になれてよかったと思う反面、もうすこし先延ばしにしていたかったと残念に思う気持ちがある。どちらもほんとうで嘘《うそ》じゃないのに、どちらか片方しかおもてに出してはならないというのは妙な話です。世界中の王妃や王太子妃はみんなそんなにご立派なお方ばかりなのかしらね？　どこかに一人ぐらいあたしみたいに意識の低いちゃらんぽらんなお妃さまがいたってよさそうなもんなのに。あーあ。

気晴らしにぱあっとパリに出かけたいけど、しばらくはおこもりしていた方がよさそうかな。ああ、パリが遠い……。

一七七三年十二月三日（金）

ボンジュー、マリア。ヴェルサイユはもうすっかり冬です。あたしの心もすっかり塞がり今日の空のように重たくよどんでいます。

前にもお話ししたとおり、先月アルトワ伯が結婚し、新しい家族ができました。マリー・ジョゼフィーヌの妹マリー・テレーズです。彼女はマリー・ジョゼフィーヌとよく似て引っ込み思案で社交慣れしておらず、物腰にひどくぎこちないところがある点を除けばすてきなお嬢さんです。ヴェルサイユの口さがない人々のあいだでは「姉よりひどい。とても見てられん」と言われているようですが、少なくともあたしより胸は大きいです。

そのおかげかどうかはわかりませんが、彼らはぶじに初夜を成し遂げたようです。どうしてそんなことを知っているかというとここがヴェルサイユだからです。妹から報告

（75）Oh My God の意。

を受けたマリー・ジョゼフィーヌはショックのあまり三日ほど寝込んでいました。

アルトワ伯といえばまだ年端《としは》もいかないころからご婦人方を口説き、夜な夜なお忍びでパリへ出かけて放蕩《ほうとう》ざんまい、すでに何人か愛人がいるとも聞きますし、卑猥《ひわい》な冗談が得意で兄二人とは比ぶべくもないほど女あしらいがうまいので、物怖《ものお》じせずに初夜にのぞめたのでしょう。この点に於《お》いてのみ、あたしはアルトワ伯を夫に持ったマリー・テレーズがうらやましくてなりません。その他の点に於いてはただただ「ご愁傷さま」としか言いようがありませんが。

このままでは二人のあいだに子どもが生まれるのも時間の問題です。宮廷中どころかヨーロッパ中がこの問題に関心を寄せているのが日々なんらかの形で伝わってくるので、息苦しさに耐えかねてあたしが宮殿を抜け出し、週二のペースでパリに遊びに出かけちゃうのも無理はないって思わない？

このごろはパリの水に浸っているときだけちゃんと呼吸できてる気さえする。王太子殿下は翌朝の狩りにそなえて早々と就寝されてしまわれるし、やはりパリでの夜遊びは性に合わないらしく「君たちだけで行っといで」とつきあってくれません。それでしかたなく仲のいい女官や義弟たちと連れ立って出かけるのですが、最初のうちはそこに殿下がいないことを寂しく物足りなく思っていたのに、いまではいらぬ気を遣わずのびのびしていられることを快適に思うようになっています。

ヴェルサイユから二時間かけてパリまで行き、ほんの小一時間ほど踊ってまたヴェルサイユに戻る。ほんとにシンデレラみたい。パリの舞踏会は夜の十二時からはじまって翌朝の七時まで行われます。あとすこし、もうすこしだけ、とあたしがどれだけ粘っても、女官たちがまわりを取り囲んで「なりません。いますぐにでもパリを出なければ陽がのぼってしまいます」と無理やりあたしを馬車に押し込める。朝が来る前に人目につかないように宮殿に戻らねば、またよからぬ噂が立つというのです。なにそれ風営法？ってかんじだよね。マジで萎《な》えるわ……。

踊り足りなくて中途半端に火照《ほて》った体をもてあまし、馬車に揺られて二時間、女官たちはみな船を漕《こ》ぎはじめ、おしゃべりする相手もいないので、ヴェルサイユまでの道中あたしは白く結露した窓を手で拭《ぬぐ》って明け方の空に浮かぶ月を追いかける。空は青からピンクにかけて淡いグラデーションを描いている。この空をそのままドレスにできたらいいのに。倦怠《けんたい》色のドレス。いまのあたしにいちばん似合う。あー泣きたいなと思うのに、そういうときにかぎって涙は溢《あふ》れてこなくて、は、とかわりに息を吐いて笑ったら、目の前がくもってなにも見えなくなりました。

このごろあたしは、喜劇を観《み》ているときだとか、晩餐会《ばんさんかい》の席でとか、外国からの大切なお客様をお出迎えしているときとか——泣いてはいけない場面でばかりつーっと涙をこぼし、まわりを狼狽《ろうばい》させてしまうことがよくあります。「あれっ、やだ、なんだろう」

と笑ってごまかして涙を拭うのですが、うまくお道化が発動しなくてその場の空気をこれ以上ないほど気まずいものにしてしまうのです。これじゃお道化者の名折れです。

わかってます。わかってるんです。このままじゃだめだってことぐらい。殿下とちゃんとしなきゃいけない。あたしも殿下も逃げているだけなんだって。

これは最近わかったことなんだけど、あたしたち、このままじゃ子どもができないみたいなんです。七月にやっと体が結ばれたことは話したよね？　でも、あれじゃだめなんだって。えっと、その、なんていうか、ハメたけどハメてないっていうか……ごめん、ちょっといまこのことをおもしろおかしく話す余裕ないや。

つまり侍医の説明によると、「貫通」まではなされたが「発射」までには至っていないのだそうです（どうりで！　早いと！！　思ったんです！！！）。以前に手術の必要がないとの診断が下されているのでお体に問題があるということではなさそうですが、「殿下の生来のご気性も手伝ってか、多大なるプレッシャーに気後れしていらっしゃるのでしょう」と侍医は陛下に話していたようです。話を聞きつけたアルトワ伯が「なんだ、インポでも早漏でもなく中折れか」と納得したようにつぶやいていましたがあたしにはなにを言っているんだかまったく意味不明でした。

その後、何度かの「指導」が入り、試行錯誤をくりかえしましたが、やはりだめで、あたしも殿下もだんだんこのおつとめが辛《つら》くなってきました。最初のうちは羞恥心《しゅうちしん》に耐えればよかっただけでしたが、義務的になっていくにつれ、しだいにあたしたちはこの「作業」に屈辱と嫌悪感《けんおかん》をおぼえるようになっていたのです。馬の交配を見守るかのように宮廷中が王太子夫妻の夜のおつとめに注目している。そのことが余計にあたしたちの気を萎えさせました。国王陛下の私室からデュ・バリー夫人の寝室には秘密の通路が設けられ、だれの目にも触れずに行き来できるようになっていますが、あたしたちはそういうわけには参りません。殿下のお通りがあれば、翌日にはヴェルサイユ中に知れ渡っている。シーツにしみがついていれば、そこから人々は昨夜の行為を推測する。こんなことにまだ十代の――それもとりわけセンシティブでナイーブな少年と少女が耐えられるはずもありません。

「もしアルトワ伯夫妻が先に子どもを授かるようなことがあれば、みんなあたしたちを笑うのでしょうね」

その夜もあたしたちはおつとめを果たせず、おたがいの顔を見なくて済むよう背中合わせでベッドに横になっていました。

「それでも君は、私のそばにいてくれるだろうか？」

「もちろんですわ。一生おそばを離れません」

ほかになんと言えるでしょう？　あたしはここにいるよりしかたないのに。

狩りのためにと殿下がご自分の寝室で一人寝されるようになったのも、夜な夜なあたしがパリに出かけるようになったのも、そんなことがあってからです。

一七七四年一月三十日（日）

ね・む・れ・な・い！

あたし、どうしちゃったんだろう？

今夜はオペラ座の仮面舞踏会に出かけていて、陽が昇りきる前に滑り込みで宮廷に戻ってきました。殿下と顔を合わせないよう大急ぎでベッドに飛び込んで寝たふりをかまし、じっと外の様子をうかがっておりましたら、朝の訪れを知らせる鳥の声よりも早くに狩りに出かけて行かれたようです。いつもだったら無理してでも起きていてお見送りするところなのに、どうしても今日だけは殿下と顔を合わせたくなかったのです。

そうしてベッドに入ったまではよかったものの、目を閉じるとくるくるオペラ座での一場面ばかりがくりかえされ、あそこであんなことを言うんじゃなかった、もっと気の利《き》いた返しができたはずなのに、とぐるぐる考えては寝返りを打つだけで小一時間。だめだこりゃ、と起き上がってきていまこの日記を書いているというわけです。

なんのことだかわけがわからないって？　そうでしょうね！　あたしにだってわかん

ないんだもん。この気持ちはなに？　どっからくるもの？　すごくどきどきしてるのにぜんぜんうれしくない。底の見えない穴がすぐそこに広がってる。すごくこわい。穴に入りたいなんてもう思わない。嘘。この穴になら落ちてもいい。

ねえ、どうしようマリア。

あたし、どうしたらいいんだろう？

※追記
~~彼の名はハンス・アクセル・フォン・フェルセン~~
あの人のことを、ここではAと呼ぶことにする。

一七七四年二月七日（月）

舞踏会でAと目が合った。二回。

一七七四年二月九日（水）

Aに会いたい。

一七七四年二月十三日（日）

会いたい。

一七七四年二月二十一日（月）

会いたい！

一七七四年二月二十三日（水）

会えた！

一七七四年二月二十八日（月）

メヌエットを一曲。すこしだけおしゃべり。みんなあたしのことを「美しい」と言うのに、Aは言わない。

一七七四年三月十六日（水）

先月の日記を読み返してびっくりしてる。控えめに言ってどうかしちゃってるよね！でもどうしようもないんです。自分でも制御がきかなくて困ってるんだから。朝起きてた夜眠るまで頭からあの人のことが離れなくて、いつも泣きそうで、苦しくて苦しくてたまらない。あたし、おかしい。おかしくなっちゃったみたいなんです。

Aとはじめて会ったのは宮廷で開かれた舞踏会でした。スウェーデン大使に連れられてやってきた目が覚めるように美しい長身の青年貴族にご婦人方が大騒ぎしているのを、はるか遠くで行われている祭りのように眺めていたのをよく覚えています。

あたしと同い年の十八歳で、スウェーデン一の財力を誇る有力貴族の家に生まれた彼は、遊学のため三年かけてヨーロッパを旅してまわっているということでした。同じ年頃の王太子殿下やその弟たちと比べて、どこか大人びていて世慣れたかんじがするのはそのためかもしれません。経験値がケタ違いってかんじ。何か国語も自在に操り知識も豊富、物腰はきわめて優雅で穏やか、軍隊で鍛えたという体は逞《たくま》しく引き締まり、まばゆいばかりの男らしさも兼ね備えている。かといってもったいぶったところもなければ浮ついたところもない、ごくごく控えめでほほえみを絶やさず、それゆえどこか酷薄さを感じさせる……。

それなんてスパダリ[76]？　いくらなんでもスペック盛りすぎだろ！　というのが最初の印象でした。あまりに完璧すぎる。おとぎ話から抜け出してきた王子様みたいな彼を前に、正直あたしは鼻白んでいました。

彼は自分の魅力をじゅうぶん理解した上で、ご婦人方の熱狂をうまくあしらっているように見えました。それがいやみにならないのは生まれ持っての気品のなせるわざでしょう。お道化というほどのものでもない、さしずめ「男のぶりっこ」といったところでしょうか。どこまでも上等で洗練されている。この男にはきっとコンプレックスなんて欠片《かけら》もないんだろう。彼の前に世界はどこまでもひらけている。近い将来、非の打ちどころのない名家の令嬢を娶《めと》り、幸福な家庭を築くであろうことまで容易に想像できて、それがあたしには面白くなかったんだと思います。

それからも何度か宮廷で顔を合わせることがありましたが、形だけの挨拶《あいさつ》ですまして必要以上にかかわるまいとしていました。いまから思えば最初からなんかしらの予感があったのでしょう。

はじめてまともにしゃべったのは一月の終わりにオペラ座の仮面舞踏会に忍び込んだときのこと。フロアに踏み入ってすぐにあたしはAを見つけました。なぜって信じられないことに彼は仮面をしていなかったのです！　それでなくとも目を引くのに、仮面舞踏会に仮面をしてこないってあんたバカ?!　どこまで無粋なの?!　これだから田舎貴族はやなんだよ!!　無性にイラッときて、いっちょからかってやれと仮面をつけて近づいていったのが運のつきでした。

「見かけないお顔ですけど、オペラ座ははじめて？　どうして仮面をしていらっしゃらないの？」

(76)「スーパーダーリン」の意。

柱のかげに隠れるようにしてフロアの様子を眺めていたAに、後ろから近づいていってあたしは声をかけました。

「それが……どこかに落としてしまったみたいで」

そう言って彼は下がり気味の眉《まゆ》をさらに下げ、恥じ入るように笑いました。他のご婦人でしたら雨に濡れた仔犬《こいぬ》のような笑顔にきゅーん！　となるところでしょうが、やさぐれ王太子妃ことマリー・アントワネットはそんなにお安くありません。ドジっ子属性まで実装してるとかマジでなんなのこいつ……この世の女すべてをくるわせるために神が遣わしたアルテマウェポン(77)かよ?!　とあたしの苛立《いらだ》ちは頂点に達しました。

「あら、だったらどこかで調達していらしたら？　見たところ外国の方のようですけれど、仮面の着用がこの舞踏会でのしきたりなんですよ。郷に入っては郷に従えというではありませんか」

びっくりしちゃうでしょ？　まるでマダム・エチケットが乗り移ったみたいにイヤミな言葉がぺらぺらと口をついて出てくるんだから！

「これは失礼。お察しのとおり、まだパリには慣れていない異邦人ゆえご容赦ください。しかし――」

Aは長身をかがめ、こちらに顔を近づけてきました。息がかかるほどの距離で憂《うれ》いを帯びたコバルトブルーの瞳《ひとみ》に射抜かれ、あたしはどぎまぎとして目を伏せました。

「この国はあまりにしきたりが多すぎる！　あれらを一から頭に叩《たた》き込み、ルールにしたがうのに精一杯になっているうちになにか大切なものを見失ってしまうのではないか、私はなによりそれを恐れているのです。フランスにはしきたりを学びにきたわけではないので」

それな！

思わず叫んでしまいそうになって、あわてて扇子で口を覆《おお》いました。どうやら完璧に見える彼もフランスのルール社会には手こずっているようです。言われて気づいたけれど、彼もあたしもここでは異邦人。あたしだって内面こそこんなぐちゃぐちゃですが、外面だけなら「完璧なプランセス」と見られがちだし、もしかしたらあたしたちは似た者同士なのかもしれません。

「あら、ではいったいなにを学びにいらしたというのです？」

「フランスは洗練された社交の国。社交術を身につけられたらと思って参りましたが、これが存外難しい。この国の人たちは生まれながらにしてエスプリを備えているとしか思えません。私のようなものが一朝一夕で身につけられるものではなさそうです」

(77)「ファイナルファンタジー」シリーズに登場するモンスターおよび最終究極兵器。

「あんなもの、わざわざ身につけなくても、そのままでじゅうぶん素敵ですのに」

するりと口をついて出た言葉に自分で驚いてしまいました。えっ、あたしそんなこと思ってたの？　仮面舞踏会で身分を偽ってゆきずりの相手と会話を楽しむようなことはこれまでにも何度かありましたがぜんぜん勝手がちがいます。

「えっと、だからそのつまり、この国ではあっちへ行ってもこっちへ行ってもどいつもこいつも上っ面《つら》だけの心をともなわない会話をくりひろげているでしょう？　みんながみんな、いかにオシャン[78]なことを言うかで競い合っているみたい。そういうの、もうあたしいらないんです。あなたのように率直にお話しされる方はめずらしいので、新鮮で誠実なかんじがしてとても好ましいのではないかしら、とかなんとか、思ったり思わなかったりしてっていうか……」

言葉を重ねれば重ねるほどどんどんまずい方向へ流れていく。ちがうちがう、そうじゃない、そうじゃないんです。Aにキャーキャー熱をあげているご婦人方とあたしをいっしょにしないで！　あたしはちがう。あの人たちとはちがうんだから！

「ありがとうございます、お優しいマダム。仮面をつけていなくて正解でした。あなたのような方とお話しできたのですから」

そう言ってAはにっこりと笑い、懐から取り出したヴェネツィア風の仮面をさっと装着しました。

「楽しい夜を」

あたしの耳元で囁《ささや》くと、彼はそのままフロアの渦に飲み込まれていきました。あたしはその場に立ち尽くし、まぼろしを追いかけるように人波に消えた彼の姿を探していました。

「ねえ、トワネット、恋ってどんなものかしら？」

しゅわしゅわと甘くとけるマリア・カロリーナの声が聞えた気がしてふりかえってみたけれど、それもまぼろしでした。

一七七四年五月十日（火）

つい先ほど国王陛下がご逝去《せいきょ》されました。

震える手でいまこれを書いています。

「国王陛下崩御！　新国王陛下万歳！」

みなが叫ぶ声がいまも宮廷中に響き渡っています。

「世界が私の上に落っこちてきそうだ」

(78)「おしゃれ」の意。

蒼白《そうはく》な顔でつぶやいた私の夫《モンマリ》——新フランス国王ルイ十六世と抱き合い、私たちは祈りを捧《ささ》げました。神よ、どうか私たちを導きお守りください、と。国を治めるにはまだあまりにも若い私たちを……。

（Bleu につづく）

この作品は『yom yom』vol.40〜42に連載されたものを改稿した。

遠藤周作著

王妃 マリー・アントワネット（上・下）

苛酷な運命の中で、愛と優雅さを失うまいとする悲劇の王妃。激動のフランス革命を背景に、多彩な人物が織りなす華麗な歴史ロマン。

朝井リョウ・飛鳥井千砂・越谷オサム・坂木司・徳永圭・似鳥鶏・三上延・吉川トリコ著

この部屋で君と

腐れ縁の恋人同士、傷心の青年と幼い少女、妖怪と僕!? さまざまなシチュエーションで何かが起きるひとつ屋根《ふたりぐらし》の下アンソロジー。

有吉佐和子著

華岡青洲の妻

女流文学賞受賞

世界最初の麻酔による外科手術――人体実験に進んで身を捧げる嫁姑のすさまじい愛の葛藤……江戸時代の世界的外科医の生涯を描く。

彩瀬まる著

あのひとは蜘蛛を潰せない

28歳。恋をし、実家を出た。母の〝正しさ〟からも、離れたい。「かわいそう」を抱えて生きる人々の、狡さも弱さも余さず描く物語。

朝倉かすみ著

乙女の家

家族のクセが強すぎて、なりたい「自分」がわかりません。キャラ立ちできない女子高生の若菜、「普通」の幸せを求めて絶賛迷走中。

石井妙子著

おそめ

―伝説の銀座マダム―

かつて夜の銀座で栄光を摑んだ一人の京女がいた。川端康成など各界の名士が集った伝説のバーと、そのマダムの華麗な半生を綴る。

窪　美澄著

よるのふくらみ

幼なじみの兄弟に愛される一人の女、もどかしい三角関係の行方は。熱を孕んだ身体と断ち切れない想いが溶け合う究極の恋愛小説。

小池真理子著

無花果の森

芸術選奨文部科学大臣賞受賞

夫の暴力から逃れ、失踪した新谷泉。追いつめられ、過去を捨て、全てを失って絶望の中に生きる男と女の、愛と再生を描く傑作長編。

坂上秋成著

モノクロの君に恋をする

僕らの青春は、漫画から始まった——。大学サークルを舞台に「物語」と「漫画」への熱き想いを描く、切なく甘い青春小説。

佐藤愛子著

私の遺言

北海道に山荘を建ててから始まった超常現象。霊能者との交流で霊の世界の実相を知り、懸命の浄化が始まる。著者渾身のメッセージ。

酒井順子著

枕草子REMIX

率直で、好奇心強く、時には自慢しい。読めば読むほど惹かれる、そのお人柄——。「清少納言」へのファン心が炸裂する名エッセイ。

佐野洋子著

シズコさん

私はずっと母さんが嫌いだった。幼い頃からの母との愛憎、呆けた母との思いがけない和解。切なくて複雑な、母と娘の本当の物語。

桜庭一樹著
青年のための読書クラブ
山の手の名門女学校「聖マリアナ学園」。謎と浪漫に満ちた事件と背後で活躍する読書クラブの部員達を描く、華々しくも可憐な物語。

桜木紫乃著
ラブレス
島清恋愛文学賞受賞・突然愛を伝えたくなる本大賞受賞
旅芸人、流し、仲居、クラブ歌手……歌を心の糧に波乱万丈な生涯を送った女の一代記。著者の大ブレイク作となった記念碑的な長編。

篠田節子著
長女たち
恋人もキャリアも失った。母のせいで——。認知症、介護離職、孤独な世話。我慢強い長女たちの叫びが圧倒的な共感を呼んだ傑作！

瀬尾まいこ著
卵の緒
坊っちゃん文学賞受賞
僕は捨て子だ。それでも母さんは誰より僕を愛してくれる——。親子の確かな絆を描く表題作など二篇。著者の瑞々しいデビュー作！

田辺聖子著
孤独な夜のココア
心の奥にそっとしまわれた甘苦い恋の記憶を、柔らかに描いた12篇。時を超えて読み継がれる、恋のエッセンスが詰まった珠玉の作品集。

多和田葉子著
雪の練習生
野間文芸賞受賞
サーカスの花形から作家に転身した「わたし」。娘の「トスカ」、その息子の「クヌート」へと繋がる、ホッキョクグマ三代の物語。

梨木香歩著
西の魔女が死んだ
学校に足が向かなくなった少女が、大好きな祖母から受けた魔女の手ほどき。何事も自分で決めるのが、魔女修行の肝心かなめで……。

中脇初枝著
みなそこ
親友の羊水に漂っていた命。13年後、その腕にあたしはからめとられた。美しい清流の村の一度きりの夏を描く、禁断の純愛小説。

西加奈子著
白いしるし
好きすぎて、怖いくらいの恋に落ちた。でも彼は私だけのものにはならなくて……ひりつく記憶を引きずり出す、超全身恋愛小説。

西川美和著
その日東京駅五時二十五分発
終戦の日の朝、故郷・広島へ向かう。この国が負けたことなんて、とっくに知っていた——。静謐にして鬼気迫る、〝あの戦争〟の物語。

沼田まほかる著
九月が永遠に続けば
ホラーサスペンス大賞受賞
一人息子が失踪し、愛人が事故死。そして佐知子の悪夢が始まった——。グロテスクな心の闇をあらわに描く、衝撃のサスペンス長編。

林真理子著
アッコちゃんの時代
若さと美貌で、金持ちや有名人を次々に虜にし、伝説となった女。日本が最も華やかだった時代を背景に展開する煌びやかな恋愛小説。

原田マハ著
楽園のカンヴァス
山本周五郎賞受賞

ルソーの名画に酷似した一枚の絵。秘められた真実の究明に、二人の男女が挑む！　興奮と感動のアートミステリ。

東　直子著
薬屋のタバサ

すべてを捨てて家を出た由実は、知らない町に辿り着いた。古びた薬屋の店主・タバサに雇われるが。孤独をたおやかに包む長編小説。

深沢　潮著
縁を結うひと
R－18文学賞受賞

在日の縁談を仕切る日本一の「お見合いおばさん」金江福。彼女が必死に縁を繋ぐ理由とは。可笑しく切なく家族を描く連作短編集。

藤岡陽子著
手のひらの音符

45歳、独身、もうすぐ無職。人生の岐路に立ったとき、〈もう一度会いたい人〉を思い出した――。気づけば涙が止まらない長編小説。

堀川アサコ著
100回泣いても変わらないので恋することにした。

学芸員・手島沙良は孤独な人だけが見える謎の生き物に出会う。せっかく出来た好きな人すら訳ありだった彼女は幸せになれるのか？

町田　康著
夫婦茶碗

あまりにも過激な堕落の美学に大反響を呼んだ表題作、元パンクロッカーの大逃避行「人間の屑」。日本文藝最強の堕天使の傑作二編！

宮木あや子著　**花宵道中**

R―18文学賞受賞

あちきら、男に夢を見させるためだけに、生きておりんす――江戸末期の新吉原、叶わぬ恋に散る遊女たちを描いた、官能純愛絵巻。

宮下奈都著　**遠くの声に耳を澄ませて**

恋人との別れ、故郷への想い。瑞々しい感性と細やかな心理描写で注目される著者が描く、ポジティブな気持ちになれる12の物語。

湊　かなえ著　**母　性**

中庭で倒れていた娘。母は嘆く。「愛能う限り、大切に育ててきたのに」――これは事故か、自殺か。圧倒的に新しい〝母と娘〟の物語《ミステリー》。

向田邦子著　**男どき女どき**

どんな平凡な人生にも、心さわぐ時がある。その一瞬の輝きを描く最後の小説四編に、珠玉のエッセイを加えたラスト・メッセージ集。

村田沙耶香著　**ギンイロノウタ**

野間文芸新人賞受賞

秘密の銀のステッキを失った少女は、憎しみの怪物と化す。追い詰められた心に制御不能の性と殺意が暴走する最恐の少女小説。

柴崎友香著　**その街の今は**

芸術選奨文部科学大臣新人賞受賞

カフェでバイト中の歌ちゃん。合コン帰りに出会った良太郎と、時々会うようになり――。大阪の街と若者の日常を描く温かな物語。

白石一文著
快挙
あの日、あなたを見つけた瞬間こそが私の人生の快挙。一組の男女が織りなす十数年間の日々を描き、静かな余韻を残す夫婦小説。

山崎豊子著
女系家族（上・下）
代々養子婿をとる大阪・船場の木綿問屋四代目嘉蔵の遺言をめぐってくりひろげられる遺産相続の醜い争い。欲に絡む女の正体を抉る。

山田詠美著
蝶々の纏足・風葬の教室
平林たい子賞受賞
私の心を支配する美しき親友への反逆。教室の中で生贄となっていく転校生の復讐。少女が女に変身してゆく多感な思春期を描く3編。

湯本香樹実著
夜の木の下で
病弱な双子の弟と分かち合った唯一の秘密。燃える炎を眺めながら聞いた女友だちの夢。過ぎ去った時間を瑞々しく描く珠玉の作品集。

唯川恵著
とける、とろける
彼となら、私はどんな淫らなことだってできる――果てしない欲望と快楽に堕ちていく女たちを描く、著者初めての官能恋愛小説集。

柚木麻子著
私にふさわしいホテル
元アイドルと同時に受賞したばっかりに……。文学史上もっとも不遇な新人作家・加代子が、ついに逆襲を決意する！　実録(!?)文壇小説。

イラスト　斉木久美子
デザイン　鈴木久美

マリー・アントワネットの日記《にっき》

Rose

新潮文庫　よ－37－21

平成三十年八月一日発行

著者　吉《よし》川《かわ》トリコ

発行者　佐藤隆信

発行所　株式会社　新潮社

郵便番号　一六二―八七一一
東京都新宿区矢来町七一
電話　編集部(〇三)三二六六―五四四〇
　　　読者係(〇三)三二六六―五一一一
http://www.shinchosha.co.jp

価格はカバーに表示してあります。

乱丁・落丁本は、ご面倒ですが小社読者係宛ご送付ください。送料小社負担にてお取替えいたします。

印刷・錦明印刷株式会社　製本・錦明印刷株式会社

ISBN978-4-10-180130-8 C0193